너의 사회생활이
힘들지 않았으면
좋겠어

너의 사회생활이
힘들지 않았으면
좋겠어

이청안 에세이

모모
북스

저마다의 상처와
짐을 안고 살아가는
우리들에게

홀연히 사라지고 싶은 날들이 많았습니다.

돌이켜 보면 뭐가 그리 힘들었는지 모르겠지만,

때때로 혼자 해결 못 할 인생의 무게에 짓눌려

마음에 고인 멍울을 방치할 때도 있었습니다.

삶이 모두에게 힘든 것은 당연한 이치겠지만,

내 인생임에도 예측 불가능한 것이 너무 많아요.

거기에 일이 엮이면 더욱 그렇습니다.

분명 열심히 하고 있는데, 왜 이토록 위태롭게 느껴지고

마음 한쪽이 아리다 못해 휘청일까요?

치열하고 버거워 방황으로 채워지는 일터의 시간은

여기저기 부딪혀 인생이라는 문제지에 정답 없이 흐릅니다.

그럼에도, 조금씩 중심을 잡아 가면

알 수 없는 미래와 냉담한 일터 사이에서

두려움 너머의 감미로운 성장을 맛볼 수 있었습니다.

우리는 그 시간의 흐름 속에,

내가 다치지도 지치지도 않을 '일의 의미'를 찾아야만 할 거예요.

그 일터에서, 내 시간을 사랑하고 장악하려면

무얼 어떻게 인내하고 감당해야만 할까요?

열망을 가지고 있다면 현실의 고통을 뛰어넘을 수 있을까요?

이 책에는 이런 물음에 대한 해결방안이 없습니다.

다만, 사회생활에 지쳐 힘들 때 꺼내어 펼쳐보면
생각의 방향을 조금 더 나은 쪽으로 비틀어 볼 수 있을 것입니다.
똑바로 서기 위해, 몹시도 어렵게 흔들렸던 경험을 들려드립니다.
홀연히 사라지고 싶은 날이 생겼을 때, 당신의 사회생활이 덜 힘들기를….

목차

1부
일이 당신을
속일지라도

2부

일에
정답 없음이
정답

3부

일터로 소풍
가듯 향할 수
있다면

1부

일이 당신을
속일지라도

노동이 반드시 불쾌한 일만은 아니다.
노동은 늘 힘들거나,
최소한 아무것도 하지 않는 것보다 힘든 것임에는 틀림없을 수 있다.
하지만 노동 또한 즐거운 것이 될 수 있다는 가능성이 충분하며,
사실상 노동은 종종 인생의 가장 즐거운 부분 중 하나다.

– 미하이 칙센트미하이

1

일의 맑음과 흐림

살다 보면 맑은 날도 있고, 흐린 날도 있다. 매일 맑은 날만 지속되면 좋겠지만, 그럴 수는 없다. 구름 한 점 없이 쨍쨍하게 맑다가 갑자기 후둑후둑 소나기 오는 날도 있고, 눈비에 바람까지 덮쳐 정신이 없다가도 산책 생각이 간절한 따뜻하고 맑은 오후를 만나기도 한다.

냉정한 일터에서, '이거 실화냐?' 하고 되묻게 되는 팍팍한 현실을 정면으로 마주해도 내 마음만 맑으면 우리는 또 살아간다. 버틸 수 있다.

결국 마음이 일을 한다. 그리고 일을 할 때에도 내 마음이 제일 중요하다. 추진 동력과 성장 동력 모두, 내 마음의 자원에서 가지를 뻗어 나간다.

어차피 해야 하는 일이라면,
흐린 날에도 주의사항을 조금씩 지키면서
평온하게 즐겨보자.
그저 날씨처럼 일의 맑음과 흐림은
종잡을 수 없는 것이니,
마음이 시키는 대로.
할 수 있는 한 최대한 맑게.

그리고 뭐, 좀 흐려지면 어때. '맑음'도 '흐림'도 이름 붙이기 나름인 것처럼 모든 일에는 다 장단점이 있기 마련이지.

결국 마음이 일을 한다.
그리고 일을 할 때에도
내 마음이 제일 중요하다.
추진 동력과 성장 동력 모두,
내 마음의 자원에서
가지를 뻗어 나간다.

2

왜 말을 못 해? 참는다고 알아주는 거 하나도 없더라

식욕 부진의 늪에 빠진 적이 있었다. 그러다가 서서히 식욕이 회복되는데, 음식이 '맛있다'고 느낄 때쯤이면 이미 몸무게가 많이 늘어있다. 그러다가 최근에 대책 없이 살이 찐 적도 있다. 맛있다고 느낄 때는 많이 먹고 싶다는 내 지방세포들의 강력한 욕구가 발동된 것이지. 그날은 냉동실에서 돼지고기 뭉치를 발견하여 '김치찌개'라는 단어와 그 맛을 떠올리게 되었다. 순간 침샘이 확 자극되며 김치찌개가 먹고 싶었다. 돼지고기를 송송 썰어 넣고 푹 끓여서 우려낸, 새콤달콤하지만 깊은 감칠맛을 내는 그런 김치찌개.

그날의 김치찌개는 성공적! 거기다가 이미 식욕이 돌아있는 상태라 다른 반찬이 필요 없을 정도로 맛이 좋았다. 일단 한 끼에 모두 먹어치우기엔 양이 많았으므로 미리 반을 덜어놓고 먹기 시작했다. 어찌나 허겁지겁 먹었는지 평소 같았으면 TV라도 틀어놓고 적적함을 달랬을 터인데 그냥 식탁에 앉자마자 뚝딱 해치웠다. 문제는 그 때문에 생겨버렸다.

김치찌개가 내 입에 매우 맛있어서, 그리고 다른 반찬이 필요 없을 정도로 내가 요리를 잘해서! TV를 틀고 싶지 않을 정도로 맛에 매혹되어 허겁지겁 먹는 바람에. 문제는 다음 날 저녁에 발견되었다. 전날, 그러니까 김치찌개를 완성해 반을 나누어놓은 날 깜빡하고 냉장고에 찌개를 넣어놓지 않은 것이다. '이걸 어쩌지? 상했을지 모르지만 그냥 먹을까?' 생각했지만 그런 생각들로 불안해하거나 상한 걸 먹는 것 모두 내 손해였다. 아깝지만 다 버리는 수밖에 없었다. 나의 소중한 김치찌개! 찌개를 버리던 그 저녁. 아깝다는 생각을 지울 수 없었다.

며칠이 지나고 내 생일이었다. 후배 한 명이 생일이라고 휴대폰 메신저로 커피와 케이크 쿠폰을 선물로 보내주었다. 물론 카카오에서 서비스로 내 생일을 알려주었겠지만, 무심히 넘기지 않고 챙겨주니 진심으로 고마웠다. 후배는 얼마 전 승진을 했는데, 일이 몰리진 않는지 괜스레 걱정되어 물어보았다. 후배는 "쉽지 않네요. 고난하네요."라고 한다. 직급이 올라가고 일을 더 많이 맡아서 배우며 하는 것은 좋겠지만 스트레스나 압박은 늘지 않았으면 좋겠는데, '고난'이라 표현하다니 구체적인 상황을 듣지 않더라도 조금 속상한 마음이 들었다. 메신저에 이렇게 입력했다. "사람은 누구나 말을 해야 알더라고. 힘들면 말을 해야 돼. 참고 있으면, 상대방은 몰라."

영화 〈리틀 포레스트〉(2018)에는 이런 대사가 나온다. "아무 말도 안 하고 상대방이 알아주길 바래? 말 안 하고 참는다고 알아주고 그런 거 하나도 없더라. 내뱉고 싶을 때 내뱉어야 속에 독이 안 쌓인다고!" 말을 뱉고 나서 끝까지 참을 걸 괜히 말했다고 생각한 적이 있었다. 나는 문제가 생기면 숨거나 회피하기보다 정면돌파를 택하는 쪽이다. 그렇다고 싸우는 것을 즐기진 않는데, 꼭 해야 될 말이라고 판단했다면 참고 싫느니 저지르고 아파하는 쪽을 택했다. 후회했다고 생각했지만 참았다면 더 많이 후회했을 것이다. 참지 않고 말한 쪽이 후련했다. 결과는 내가 책임지면 된다.

만약에 내가 끓인 찌개에 영혼이 있어서, 말을 할 줄 알았다면! "저기요. 저 좀 냉장고에 넣어주실래요?" 하고 말을 해주었다면 얼마나 좋았을까? 나는 찌개가 소중하지 않아서 잊은 것이 아니었다. 때때로 소중한 것들도 잊고 산다. 그냥 정신이 없어서 깜빡하기도 하고, 미처 눈에 띄지 않아서 챙기지 못하기도 한다.

치사스럽게, 구차하게, 굳이 말을 안 해도 상대가 알아주길 바라겠지만, 안 그렇다. 지금도 나는 반을 나눠 놓은 찌개를 못 먹은 것이 분명한 내 탓임에도 찌개를 원망하고 있다. 왜 말을 못 했냐고 하면서. 찌개가 말을 할 줄 알았다면 아깝게 버리는 일이 없었을 것이라고. 아마 이 글을 읽는 여러분의 주위에도 그런 분이 있을지 모른다. "왜 그때 내게 솔직하게 얘기해주지 않았어? 나는 정말 몰랐어."라고 할 만한 사람.

　　일에 있어서도 제때 할 말을 현명하게 해야 한다. 억울하기 전에 말해야 한다. 과부하가 걸리기 전에 도움을 요청하고, 견디기 힘들어지기 전에 말을 하고, 번아웃 징조가 보일 때 알아차려 말을 하고. 그 누구보다 나를 위해서 말을 해야 한다. 어찌 보면 사람은 단순하고 어리석고 일차원적이라 보이는 대로 보고 들은 대로 판단한다. 자신의 입장을 적시에 말하지 않으면 내 글의 '찌개'가 되어버릴지 모른다. 그냥 가만히 있다가 원망을 듣게 되는. 아무 잘못도 없는 아까운 존재임에도 버려지거나 잊히게 되는.

　　대신 내 이야기를 상대에게 말하고자 결심했을 때에는 감정을 버리고 이성적으로 말할 것을 권하고 싶다. 찌개의 입장에서 내가 얼마나 맛있는지 어필하지 말고, 여태 냉장고에 못 들어가 억울했던 감정들을 부정적으로 튕겨내지 말고, 내가 냉장고에 들어가야 하는 이유만 설명하자.

다시 식욕 부진의 시기가 왔다. 그래서 맛있었던 그 찌개가 더욱 생각난다. "왜 말을 못 해! 냉장고에 넣어달라고 왜 말을 못 했냐고!"

만약에 내가 끓인 찌개에 영혼이 있어서,
말을 할 줄 알았다면!
"저기요. 저 좀 냉장고에 넣어주실래요?" 하고
말을 해주었다면 얼마나 좋았을까?
나는 찌개가 소중하지 않아서
잊은 것이 아니었다.
때때로 소중한 것들도 잊고 산다.
그냥 정신이 없어서 깜빡하기도 하고,
미처 눈에 띄지 않아서
챙기지 못하기도 한다.

3

승진 시즌에 대처하는 우리의 자세

"역대 최악의 승진 티오라고들 하던데, 사실이야?"

올해 승진 연한을 맞은 입사 동기에게서 온 메시지였다. 그 메시지를 받고 암담했다. 아! 승진 시즌이 되었구나. 누군가는 '승승장구'의 타이틀을 가지고 기쁨을 누리는 시즌. 또 누군가는 '조직에서 버려진 것이 아닌가?' 자문자답하며 버틸 것인지 퇴사할 것인지, 그 절체절명의 기로에 서게 되는 악마의 시즌. 매년 돌아오지만 한 번도 모두가 해피한 적이 없었다.

어쨌거나 인사총무부에 있는지라 매년 승진 시즌이 되면 알게 모르게 이런 질문들을 받게 된다. "뭐 아는 것 없어?

누가 올라가는 거야?" 그렇지만 나는 알 수가 없고 또 알아도 아는 척하기가 힘들다. 이유는 끝날 때까지 끝난 게 아니기 때문이다. 승진의 모든 절차와 결과는 기업의 인사권자, 즉 최종 결정권자의 결재에 따라야 한다. 그렇기에 공식적인 발표가 나기 전까지는 결과를 알 수 없다. 예상은 예상일 뿐, 결과가 나와야 비로소 명단이 확정되는 것이 승진이다.

승진과 연봉 상승. 직장인에게는 이 두 가지가 '직장생활의 전부'라는 이야기가 있다. 일부는 맞지만 아닌 부분도 있다. 하지만 정글 같은 직장생활에서 '승진'은, 근로자로 불리며 살아가는 사람들에게 많은 의미를 가지고 있다. 승진이 전부는 아니지만, 거의 전부일 수는 있다. 승진은 왜 우리들을 힘들게 하는가, 목매게 하는가, 중도 하차시키는가, 비참하게 만드는가. 대체 왜 그럴까에 대해서 생각해봤다.

첫째, 승진하면 연봉이 상승하게 되어 있다. 우리나라 기업의 대부분이 직급 혹은 직위의 상승에 따라 연봉 테이블을 정하고 이를 지급하니, 승진을 해야 월급이 오르는 구조

임은 자명하다. 승진을 못 하면 연봉은 그대로. 남들이 승진할 때 나만 제자리라면 연봉 하락과 유사한 효과를 경험하고, 상대적 박탈감이 심각하다.

둘째, 승진은 곧 인정이다. 업무에 있어 뛰어나게 역량을 발휘하는 사람이라면, 그리고 성실하게 맡은 바 임무를 수행해온 사람이라면 회사의 인정을 받는다. '승진'이라는 이름의 인정. 승진 연한이 오기 전까지 일을 열심히 한 사람일수록 인정 욕구에 목말랐던 사람일수록 인정받고 싶기 마련이다. 가끔 연봉 상승은 미미하더라도 승진만 했으면 좋겠다는 명예욕에 불타는 사람들도 있다.

셋째, 승진은 상대적이다. 나와 나이가 비슷하고 입사 시기가 비슷하고 직무의 성격이 유사하고, 현재 직급이 비슷할수록 알게 모르게 승진 경쟁 구도에 놓이게 된다. 올라가려는 사람은 많고 자리는 한정적이니 당연한 이치다. 누군가 올라가면, 누군가는 떨어져야 한다. 다들 백 점을 맞는다고 해도 그중에 더 나은 사람을 고르고 골라야 하는 것(상대평가)이 승진이다.

　　그러니까 승진을 해야, 이 조직에 계속 남아있어도 된다는 허가를 얻는 셈이고(승진 누락되었다고 나가라는 소리는 아니지만, 누락되면 다들 그 비슷한 생각으로 본인을 괴롭힌다.) 또 인정을 받는 것이며 자존심이 상하지 않는 것이고 연봉도 오르는 것이다. 직장인에게 승진은 그래서 고충을 안겨다 준다.

　　동기의 질문을 받고 그가 매년 되풀이되는 이 싸움에서 반드시 이기기를 빌었다. 그가 승진하기를 바라냐고 의미냐고 묻는다면 반은 맞고 반은 틀리다. 당연히 그가 이번 해에 승진하면 좋겠지만, 승진 시즌은 매년 돌아온다. 이번에 진급이 빨랐다가 다음 승진 연한에 누락된다면 그때는 절망이 없을 것 같은가. 그것도 아니다. 매 연한 때마다 진급을 하고 쭉쭉 성장해 빨리 임원이 되면? 그것도 좋지만은 않다. 게임의 끝판왕을 만나 그를 무찔러버리면 게임은 그대로 끝이 난다. 더 즐기고 말고 할 것도 없고, 게임처럼 더 하고 싶다고 다시 처음부터 단계를 밟을 수도 없다. 일찍 승진해 임원이 되는 것은 어찌 보면 은퇴만 앞당기는 결과를 초래할 수 있다. 임원은 직원(근로자)과 다르게 전부 계약직이니까.

그러니 이 길고 긴 레이스에 휘둘리지 않으려면
인내심을 가져야 한다.
평정하려면, 평정심을 가져야 한다.
그게 단기적 성패만이 눈에 보이는
우리들의 어리석은 승진 싸움에서 이기는 길이 아닐까.

그도 나도 이 싸움에서 꼭 이겼으면 좋겠다. 매 승진 연한 첫해에 누락의 고배를 마실지 모르겠지만 운이 나쁘거나 실력이 모자라 떨어지고 또 떨어질지 모르겠지만. 이렇게 승진에 대해 다 내려놓은 것처럼, 뭔가 통달한 사람처럼 말해놓고, 내 승진 연한이 되면 가루 인형처럼 노심초사하다가 폭삭 부서질지 모르지만. (이 글의 초고를 작성했던 2020년에는 꿈에도 몰랐다. 2022년 승진 시즌을 기점으로 내가 폭삭 부서질지.)

승진에 대해서는 개인적으로 아픈 기억이 있고, 또

그로 인해 큰 깨달음이 있었다. 일희일비했던 때였다. 글에
다 밝히면 꽤나 재미있을 소재지만, 개인적인 일탈과 진상 짓
이 부끄러워 글로 써 내려가기에는 다소 민망하다. 대신에 아
팠던 그 기간 동안 내가 마법 주문을 외듯 계속해서 읽으며 마
음을 다스렸던 좋은 시가 있어 적어본다. 이 시의 핵심 메시지
는 '인내가 아무리 써도 그 열매가 반드시 달지는 않다.'라고
볼 수 있다. 그러나 열매가 열리지 않았다고 한 해 동안 농사
를 열심히 짓지 않은 것인가. 올 한 해 열매가 열리지 않았다
고, 당장 농부로서의 삶을 포기해야 하는가. 둘 다 아니다. 많
은 분들이 시「장미와 가시」를 보며 위안을 얻으시길.

장미와 가시

김승희 詩

눈먼 손으로
나는 삶을 만져 보았네.
그건 가시투성이였어.

가시투성이 삶의 온몸을 만지며

나는 미소 지었지.

이토록 가시가 많으니

곧 장미가 피겠구나 하고.

장미꽃이 피어난다 해도

어찌 가시의 고통을 잊을 수 있을까 해도

장미꽃이 피기만 한다면

어찌 가시의 고통을 버리지 못하리오.

눈먼 손으로

삶을 어루만지며

나는 가시투성이를 지나

장미꽃을 기다렸네.

그의 몸에는 많은 가시가

돋아 있었지만, 그러나,

나는 한 송이의 장미꽃도 보지 못하였네.

그러니, 그대, 이제 말해주오,

삶은 가시장미인가 장미가시인가

아니면 장미의 가시인가, 또는

장미와 가시인가를.

이 길고 긴 레이스에
휘둘리지 않으려면
인내심을 가져야 한다.
평정하려면, 평정심을 가져야 한다.
그게 단기적 성패만이 눈에 보이는
우리들의 어리석은 승진 싸움에서
이기는 길이 아닐까.

4

바꿔야 할 것을 바꿀 수 있는 용기

바꿀 수 없는 것을 평온하게 받아들이는 은혜와

바꿔야 할 것을 바꿀 수 있는 용기,

그리고 이 둘을 분별하는 지혜를 허락하소서.

- 라인홀드 니부어

회사에 불청객이 쳐들어온 일이 있었다.

불청객은 사무실 화분을 다 깨부숴놓고,

술판을 벌였다.

나는 천인공노할 그들의 만행을 보면서,

증거 사진을 찍었다가 두드려 맞을 뻔했다.

나는 폭행을 피했지만,

내 옆에 있던 컴퓨터는 박살이 났다.

그럼에도 참았다. 참는 게 옳다고 믿었으니까.

시간이 지나자, 그들은

가만히 있는 직원들에게 시비를 걸었다.

거기서 멈췄으면 좋았을 텐데,

급기야 도발하려 도둑질을 한다.

탕비실에 비치된 음료를 먹으면 될 텐데,

개인 물품인 홍삼차를 다 털어간다.

그걸 본 후배가 내게로 와서, 어떡해요 하고 물었는데

악물고 있던 이성이 폭발해버렸다.

여기서 더 참으면 나는 물론이고,

이 회사는 바보가 된다.

좋게 말하려고 했는데,

겉만 늙어버린 유치한 이 어른들이

비서실 직원이라고 "사장 첩질 할 년"이라고

쌍욕을 선사하는 바람에 나도

발작 버튼이 눌러버렸다.

그다음에 어떻게 됐냐면,

나는 욕 한마디 하지 않고 그들을 질리게 만들었다.

냉담하게 하고 싶은 말을 다 했다.

얼마나 그들을 열 받게 만들었냐면,

욕하다가 안 되니까

"부모는 네 싸가지 수준을 아느냐"란 말로 긁고,

그러다 안 되니

주먹을 뻗는 시늉을 연거푸 해댔다.

말로 사람을 죽일 수 있는 게 나다.

말싸움을 걸어오는 상대에게

과한 분노를 선물하는 게 나다.

그걸 알기 때문에 여태 인내했다니까?

당신들 완전히 잘못 걸렸어.

* 그날 이후, 불청객들은 법의 심판을 받았고, 나는
인내와 용기 사이에서 더 큰 지혜를 갖추려고 노력 중이다. 하

지만 다시 그 상황으로 돌아간다고 해도, 인내보다는 용기다. 아니, 이제는 분별력 있는 용기를 펼칠 것이다. 불청객들이 다시는 입도 뻥긋 못 하게.

5

회사가 좋아하는 사람

'어디 앉지?'

아주 잠깐의 판단이 꽤 긴 시간 나의 쾌적함을 좌우하는 때가 있다. 바로 출퇴근 시간이다. 2년 전만 해도 출퇴근할 때 버스나 지하철에서 삼십 분 이상의 시간을 보냈다. 대부분은 앉아 이동했는데, 어디 앉을 것인가에 대한 선택은 매우 신중했다. 버스라면 주로 안쪽에 앉아있는 사람들의 면모를 살펴 자리를 정하고, 지하철이라면 좌석 중 가장 바깥 자리, 혹은 여자들 사이의 자리를 고른다.

사람들마다 대중교통 이용에 있어 선호하는 자리와

판단의 기준이 있다. 물론 계속 서서 이동하는 것보다는 어느 곳이라도 앉아서 가는 게 좋겠지만 선택지가 많다면 선호 좌석 혹은 선호하는 승객 유형 옆에 앉고 싶을 것이다. 경험이란 참 무서운 것이, 이 모든 선택은 대부분 살아온 데이터 누적에 의한 직관이다. 이 촉은 대부분 들어맞는다. 가끔은 틀린 날도 있지만.

나는 그날 출근길 버스에서, 베이지색 단정한 토트백을 무릎에 올려놓은 내 또래의 여성분 옆에 앉았다. 그분은 두 명이 앉는 자리 중 창가 쪽이었고 내가 통로 쪽이었다. 한데 많은 선택지 중에서 가장 쾌적해 보여 선택한 그 자리가 그날의 내게는 좋은 선택이 아니었다.

안쪽에 앉아있던 여자분은 당시의 버스 여행이 초행길이었는지 도통 가만히 있지 않았다. 몇 분에 한 번씩 출입문 쪽을 바라보면서 내릴락 말락 자세를 취하다가 가방을 열었다 닫았다 하는 모양새가 나를 계속 불안하게 만들었다. '내리려고 하나? 비켜줘야 하는 건가?' 하는 생각이 들었는데 막상 내리지는 않았고 자꾸 안절부절. 꼭 내릴 것 같은 모양새만 취하는 것이 너무 답답했다. 그때 나는 휴대폰으로 어떤 예능 프로그램을 다시 보기 서비스로 시청하고 있었는데 영상의 특성상 큰 집중을 요하지 않았음에도 볼 수가 없었다. 도무지 재미를 느낄 수 없어, 시청을 중단한 것이다.

그날 내 옆에 앉았던 그분을 겪으면서 '나도 모르게 타인에게 끼치는 피해란 없는가.'에 대해 생각하게 되었다. 그리고 나를 불안하게 했던 그 사람, 나에게 답답함과 짜증을 유발했던 그런 사람들은 '회사'라는 조직에서도 결코 좋아하지 않을 것이란 생각이 급작스레 들었다. 그게 이 글을 쓰게 된 이유이다.

다른 복잡한 부분은 잘 모르겠다. 성과나 능력으로 평가되는 부분은 당연한 것이니 말할 가치도 없고, 태도와 인성에 대한 부분은 기업 문화에 따라 윤리적 가중치를 어디에 두는지 알 수 없으니 제쳐두자. 그러나 이것 하나만큼은 확실히 알겠다. 회사(상사)는 불안하게 만드는 사람을 좋아하지 않는다.

　　더욱 구체적으로 말하자면 일을 맡길 때부터 마음을 턱 놓고 '믿고 맡길 수 있는 사람'이 당연지사 좋을 것이고, 진행되는 과정에서도 잡음이 없는 사람이 좋을 것이다. 경영자나 상사의 입장에서 맡긴 사람의 마음이 불안하지 않고 일의 마무리도 좋을 때, 회사는 그런 사람을 좋아한다.

　　이상하게 결괏값은 비슷해도 못 미덥고 불안하게 만드는 사람들이 있다. 작은 일에도 신경이 쓰이게 하고 한 번 더 손이 가게 하는 사람들. 주로 신입사원에게서 이런 모습이 발견된다. 너무 말이 많거나 행동이 심하게 빨라 신뢰가 가지 않거나, 혹은 과하게 과묵한 경우도 불안함을 유발한다. '피드백 함흥차사' 병에 걸린 직원들도 있는데, 확인을 하지 않으면 생전 가야 피드백이 없어 안개 자욱한 흐린 날처럼 일의 진행을 알 수가 없는 경우가 여기에 해당한다. 회사(상사)는 각종 불안을 야기하는 이런 유형의 직원들을 지켜보느라 다른 일을 제대로 하기도, 무언가를 시키기도 어려울 것이다.

나는 회사라는 조직이 불안 유발자, 즉 '흐린 사람'을 좋아하지 않는다고 생각한다. 깔끔하고 쾌적하지 못하며 흐릿하게 매사 어쩔 줄 몰라 하는 사람을 싫어할 수밖에 없다. 회사가 좋아하는 사람이 되고자 한다면 원칙과 기준이 모호한 '좋은 게 좋다' 식의 태도는 없앤다. 단호해진다. 일을 시작했으면 끝을 본다. 그리고 결과를 맺는다. 덧붙여서 내 주관 업무가 아니라 하더라도 나와 관련된 일이라면 일의 진척 상황을 체크하면 좋다.

버스에서 제때 하차 벨을 누르고, 버스가 정차해 정거장에 내리면 모두가 편안하다. 하지만 이 과정을 허둥지둥하느라 제대로 지키지 않으면 버스가 급정거하거나, 승객 중 누군가가 다치거나 버스 배차가 지연된다.

회사의 내부 조직은 톱니바퀴처럼 유기적으로 돌아간다. 내가 맡은 일의 마무리가 흐리면 다른 일에도 영향을 끼치게 되고 다른 사람들의 업무도 불안해진다. 그렇게 되면 나는 명백히 '흐린 사람'이 되고 (회사 내에서) 나의 인생도 점차 흐려질 것이다.

그러니까 회사는 '흐린 사람'이 아닌, '맑은 사람'을 좋아한다. 회사에서 쾌적함을 유지하고 싶다면, 나부터 맑아야 한다. 그리고 윗물이 맑아야 아랫물도 맑다. 정수기 필터처럼 내 역할을 좀 더 촘촘히 하여 조직에 맑은 기운을 더하는 사람이 되어야겠다. 버스 좌석처럼 회사 내 포지션이나 업무 영역을 내 마음대로 고를 수는 없지만, 스스로 어떤 사람이 될 것인가는 고를 수 있다. 명확하고 맑은 쪽이다.

아름답게 나이 들게 하소서

칼 윌슨 베이커 詩

아름답게 나이 들게 하소서
수많은 멋진 것들이 그러하듯이
레이스와 상아와 황금, 그리고 비단도
꼭 새것이 좋은 것은 아닙니다.

오래된 나무에 치유력이 있고

오래된 거리에 영화가 깃들 듯

저도 나이 들수록

더욱 아름다워지게 하소서.

회사는 '흐린 사람'이 아닌,
'맑은 사람'을 좋아한다.
회사에서 쾌적함을 유지하고 싶다면,
나부터 맑아야 한다. 그리고
윗물이 맑아야 아랫물도 맑다.
정수기 필터처럼 내 역할을 좀 더 촘촘히 하여
조직에 맑은 기운을 더하는 사람이 되어야겠다.
버스 좌석처럼 회사 내 포지션이나 업무 영역을
내 마음대로 고를 수는 없지만,
스스로 어떤 사람이 될 것인가는 고를 수 있다.
명확하고 맑은 쪽이다.

6

갑과 을과 월급

치과 진료로 굉장히 묘한 기분에 사로잡혔던 이야기를 해 보려 한다. 치과의 주인인 원장과 그 병원 상담 간호사의 상반된 태도 때문이었다.

직장생활을 하기에, 연차휴가를 내지 않으면 토요일 오전에만 치과에 갈 수 있었다. 그런데 점점 더 통증이 심해지자 원장 선생님은 "아프면 전화를 하세요. 제가 퇴근 안 하고 야간진료를 봐드릴게요."라고 이야기했다. 정말 고마운 말이었다. 한 명의 환자를 위해 퇴근하지 않고 기다리겠다는 것이니.

얼마 후 실제로 치통이 심해졌고, 원장 선생님 말대로 퇴근 무렵 병원으로 전화를 하니 간호사가 퇴짜를 놓았다. "원장님이 그렇게 말씀하셨어도 사실 기다리시는 건 무리예요." 병원이 문을 닫지 않으면 간호사도 퇴근을 하지 못한다. 그러니 퇴근 시간을 연장시키려는 내가 얼마나 밉고 못마땅했을까. 결국 야간진료를 받을 수는 없었다. 나를 둘러싼 이 두 사람의 태도는 왜 달랐을까?

공중화장실을 청소해본 적이 있는가? 아마 학교 때 당번으로 선정되었어도 정말 하기 싫은 일 중 하나였을 것이다. 그렇다면 우리 집 화장실 청소는? 꼭 청소를 하지 않더라도 휴지통이 넘친다거나 바닥이 더러웠다면 어떻게든 그 상태를 개선시켜 보려고 노력했을 것이다. 우리 집 화장실은 청소하면서, 공중화장실을 치우지 않았던 이유는 무엇일까? 내 것이 아니기 때문이다.

내가 이야기하고 싶은 것. 조금은 흔한 이야기. 바로 주인의식이다. 내 삶의 주인공은 당연히 '나'다. 하지만 사람이 모든 일에 애착을 가지고 내 일처럼 주인의식을 가지기는 힘들다. 직급이 올라갈수록 월급을 많이 받는 이유는 책임질 일이 많아지기 때문이고, 회사에 기여하는 바가 크기 때문이다.

높은 직에 있는 사람일수록 회사에 큰일이 생기면 밤잠을 설치고 고민한다. 과거에 내가 모셨던 상사들은 머리카락을 쥐어뜯으며 묘수를 고안하였고, 가장 먼저 출근하여 수척해진 얼굴로 실무자 회의를 소집하였다. 그분들을 가까이서 뵙고 있을 때, 나는 왜 높은 자리에 올라갈수록 월급을 많이 받는지 자연스럽게 알게 되었다.

주인의식을 가지지 못한 사람은 한눈에 보기에도 흐리멍덩하다. 일을 안 하진 않는데, 그 일을 끝까지 좇아가고자 하는 의지나 확신이 보이지 않아서 위에서도 그저 그런 일만 시키게 된다. 주인의식이 미비한 사람들은 끊임없이 불평불만을 쏟아내며 '이 일을 내가 왜 하지 않아야 하는가'에 초점을 맞추고 회사 생활을 한다. 이런 사람들이 모여서 잡담하는 공간은 일의 능률을 올리기 위한 회사가 아니라 '입시를 포기한 시끄러운 수험생이 모인 열반' 같다. 열반 아이들은 불평을 위한 불평을 한다. 회사에 속해 있는 열반 직장인들은 반대를 위한 반대를 한다. 주인의식은 회사에 충성하기 위한 을의 마음가짐이 아니라, 내가 진정한 내 삶의 주인이 되기 위한 갑의 마음가짐이다. 근로계약서에 '을'이라고 명시되어 있을지언정 진짜 '을'이 되지 말자. 우리는 시간에 매인 몸이지만, 마인드까지 매여 있지 않았으면.

주인의식을 가지지 못한 사람은
한눈에 보기에도 흐리멍덩하다.
일을 안 하진 않는데,
그 일을 끝까지 좇아가고자 하는
의지나 확신이 보이지 않아서
위에서도 그저 그런 일만 시키게 된다.

처음부터 정해졌어야 한다

배운 게 도둑질이라고, 드라마 작가 지망생이었던 나는 '드라마'에 대한 이야기를 자주 한다. 배우고 익히고 즐겼던 모든 드라마는 사실상 단 하나의 장면을 향해 흐른다. 바로 클라이맥스. 모든 극은 어떠한 특정 장면, 그러니까 작가가 설정한 클라이맥스를 향해 나아가고 이를 마무리하면서 끝난다.

최근 들어 '협업'과 '조직문화'에 대해 공부하고 고민할 일들이 늘었다. 그러면서 책도 많이 찾아보고 강의도 들었는데, 결론은 매번 단순했다. 어떤 일의 결과물은 여러 사람의 노고로 이뤄지는 것이며 방향성을 정하고 뒷수습을 반드시 해내야 더욱 뛰어난 명작을 탄생시킬 수 있다는 것. 그게 안 되면 배가 산으로 향해도 조직 구성원들이 '바다 아닌 산'으로 간다는 사실을 인지 못 할 확률이 높다.

힘의 방향을 한 곳으로 모아야 한다.
그래야 원하는 결과를 얻을 수 있다.
그리고 그 방향은
가다가 정할 것이 아니라
이미 정해졌어야 한다.
처음부터 치밀하게 설계됐어야 한다.
작가가 설정한 클라이맥스처럼.

직장에서 나의 모든 일들에 클라이맥스를 설정할 수는 없다. 나는 그 방향을 설정할 위치가 아니기 때문이다. 하지만 작은 일들에 클라이맥스를 정한다면 이것만은 반드시 할 수 있다. 나로 인해 타인이 고생하지 않을 상황을 주도하고 철두철미하게 확인하는 것. 일을 시작할 때 리스크에 대해 확실히 고민하는 것. 그것만 제대로 해내도, 우리는 산에 오르는 길목까지 충분히 버틴다. 각자가 제 몫을 했으므로.

절정의 행복은 내가 누구이고, 어떤 사람이 되기를
원하는가에 관한 감각과 매우 밀접하게 연결된다.
무엇이 나를 흥분케 하고, 무엇이 나를 이끄는지 발
견하는 시간을 가짐은 매우 가치 있는 일이다.
- 스테파니 로젠블룸, 『누구나 혼자만의 시간이 필요하다』
중에서

힘의 방향을 한 곳으로 모아야 한다.
그래야 원하는 결과를 얻을 수 있다.
그리고 그 방향은
가다가 정할 것이 아니라
이미 정해졌어야 한다.
처음부터 치밀하게 설계됐어야 한다.
작가가 설정한 클라이맥스처럼.

'짧고 굵게' 신조는 위험해

무섭다. 도태될까 봐.

세상에 벌써 이 단어가 이렇게 식상해졌다니.

그 단어는, '깐부'였다.

역시 빵 뜨면, 쉽게 질리는 것인가.

트렌드에 관해 보고하면서,

'굿즈 마케팅' 사례를 언급하는데,

내가 제일 무서워하는 분이 이렇게 물으셨다.

"저기 적힌 456번이 뭐지?"

관련 설명을 드린 후,

재미있어 하시기에 덩달아 하하 호호 웃었는데
순식간에 혼란스러웠다.

"이게 유행입니다." 하며 보고하고 있는데,
느낌상 이미 유행이 다 지나버린 예감.
어쩌지? 하늘에 맹세코 나는
거짓 보고를 한 게 아니었다.
시간이, 아니 세상이 너무 빨리 흘러간다.
무섭다. 도태될까 봐.

가늘고 길게 갈래? 짧고 굵게 갈래?
두 가지 중에 선택해야 한다면,
'가늘고 길게'를 택하는 게 유리해 보인다.
요즘 시대에 굵게 빵 터트리고자 한다면,
유지 시간이 생각보다 더 짧을 수 있다.
순식간에 훅이다.

무조건 '가늘고 길게' 마인드를 응원하진 않는다.

다만, 이 세상을 여태 지켜보니,

좋은 제품은 오래 쓴다.

좋은 사람은 오래도록 만나게 된다.

좋은 글은 오래오래 읽힌다.

어디선가 다가와 툭 치고 빠지는 것들,

일명 '유행'의 홍수 속에

좀 더 오래, 더 길게, 쉽사리 도태되지 말고…

빵 뜨지 못하더라도 시간을 이기며,

오래 기억되고 싶다.

무조건 '가늘고 길게' 마인드를
응원하진 않는다.
다만, 이 세상을 여태 지켜보니,
좋은 제품은 오래 쓴다.
좋은 사람은 오래도록 만나게 된다.
좋은 글은 오래오래 읽힌다.

9

너무 많이 주고받지 않기를

엄마 닮아서 정도 많고 손도 크고 배포가 남다른 나는, 내 것을 챙기지 않아도 괜찮았다. 남들에게 다 퍼 주고도 즐거웠다. 그래도 되는 줄 알았고 그게 미덕인 줄 알았다. 그런데 살다 보니, 받을 줄 알아야 베풀 수 있다는 말도 맞고 '너무 많이 주지도 받지도 않아야' 서로에게 득이라는 사실을 새삼 깨닫는다.

기대치가 높으면 실망도 큰 법이다. 내가 준 것들이 상대에게 부담이 되면 그건 선물이 아니라 독이다. 나는 기껏 모두를 내어주었는데 내게 독이 되는 고통을 겪는다면 얼마나 큰 슬픔인가. 그리고 세상에 진짜 무료는 없다. 그게 상대의 진심 어린 마음이라 하더라도, 물질이 아니라 보이지 않는 마음에서 비롯된 것이라 하더라도 값이 매겨지지 않을 뿐이지 무료가 아니다. 내가 감당할 수 있는 무게만큼만 받아들여야 한다.

이렇게 내려놓는다. 내 것을 지킨다.
나를 지킨다. 나는 나여야 하니까.
너무 많이 주지도 너무 많이 받지도 않는다.
소중한 나를 위해서.

* 이런 생각을 하면서도, 먹을 것이 생기면 일단 다 나눠주고서야 비로소 깨닫는 게 나라는 사람이다. '아! 내 걸 안 빼놨네. 하하하.'

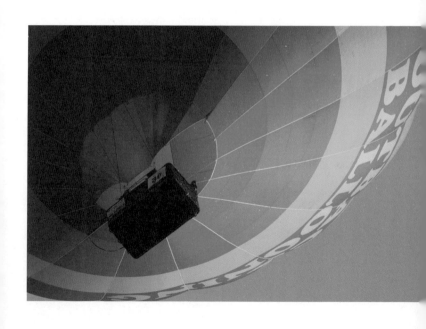

기대치가 높으면 실망도 큰 법이다.
내가 준 것들이 상대에게 부담이
되면 그건 선물이 아니라 독이다.
나는 기껏 모두를 내어주었는데
내게 독이 되는 고통을 겪는다면
얼마나 큰 슬픔인가.

10

그날 이후, 제가 훨씬 단단해졌어요

　　어느새 회사 생활 12년 차가 훌쩍 지나고 보니, 나도 많이 달라졌다. 그동안 상사와 선배들에게 조언을 구하는 입장이었다면 해가 바뀔수록 조언을 해주는 역할 비중이 늘어간다. 같은 사업장은 아니지만 여자 화장실에서 종종 마주치는 후배 직원 E와 이따금 길게 '속 이야기'를 하곤 했다. 우리들의 고민은 주로 이런 것이었다.

　　할 일은 많은데, 속도가 개선되지 않는 커뮤니케이션 문제의 답답함
　　남초 직장에서 여성 직장인으로 성장해나가는 것의

한계와 어려움

조직이 원하는 인재상에 내가 부합하는지에 대한 두
려움

이해받거나 인정받지 못하고 있다는 감정의 문제,
즉 서운함

같은 고민을 먼저 겪은 사람으로서 해주고 싶은 이
야기가 많았다. 하지만 E가 충분히 얘기할 수 있도록 판을 깔
고 기다렸다. 쌓아놨던 이야기보따리를 풀기만 해도 후련해지
기 마련이며, 말하면서 답을 찾아가는 게 사람이니까. 그리고
조언이라기보다는, 경험했던 일들을 통해 스스로 해결책을 찾
았던 사례들을 몇 가지 공유했다. E가 자신에게 주어진 일들
을 그대로 바라보며 부정적인 생각들을 긍정으로 바꿔가길 바
라면서.

그 후 한 달쯤 지났으려나? 업무적으로 물을 것이 있
어, 회사 메신저로 말을 걸었다. 본론을 해결하고 채팅을 마무
리하려는데, 궁금해졌다. 요즘은 힘들지 않은지, 바쁜 건 개선

67

이 되어가고 있는지.

나: 요즘 일은 좀 어때요?

E: 요새도 비슷하긴 하지만, 그때 선배님이랑 화장실에서 얘기하고 나서, 조금 스스로 단단해진 걸 느껴요. 참 신기하죠. 선배님이 해주신 조언이 힘이 됐어요.

나: 우와! 좋은 일이네요. 그리고 이렇게 얘기해줘서 저에게도 참 감사한 일.

E: 선배님은 최고예요. 선배님이 있어서 힘이 됩니다.

나: 아이구, 감사합니다.

E: 저 사무실에 애착을 가져보려고, 최근에 키보드를 새로 장만했는데 나중에 구경 오세요.

나: 오- 알겠어요. 구경 갈게요.

E: 대단한 건 아니지만, 13만 원짜리입니다.

나: 좋은 방법이네요. 그런 작은 것들이 일에 애착이 생기도록 만들어요. 거금 썼네요.

E: 키보드 누르는 느낌이 좋아서 야근하고 싶어진다는 후기를 봐서, 조금 나아지지 않을까 싶었어요.

나: 그런 기가 막힌 후기가!

E: 어제 개시했는데, 아직 만족 중이에요.

나: 참~ 그런 제품을 만드는 사람들 부럽다. 그리고 후기를 그렇게 매혹적으로 써주는 사람들도 좋은 사람이고요. 세상에는 대단한 사람이 많아요.

E: 그쵸. 정말 그래요.

나: 우리도 세상에 기여하는 좋은 사람이 되어 봐요. 지금도 물론 훌륭하지만.

E: 선배님은 이미 영향력이 큰걸요? 저도 더 분발할게요.

나: 하하하. ^^ 다음에 또 오붓하게 시간 가져요~.

E: 좋아요. 제가 언제 한번 점심 사드릴게요.

사람은 역시 스스로 길을 찾는다. 그 과정이 험난해도, 언젠가는 혼자의 힘으로 완전해진다. 그렇지 않다면, 이토록 길고 긴 사회생활에서 우리가 겪은 경탄의 일들은 어찌 설명할 수 있을까? 모든 순간은 설령 헤맬지언정, 존재의 이유가 있으며 의미를 가진다.

변화의 물결 속에 바뀌지 않는 속도는 내가 개선하면 된다.

여자라고 종종 차별당해도, 여자라서 더 훌륭할 수 있음을 보여주면 된다.

조직이 원하는 인재상에 부합한다는 확신이 없더라도, 내가 새로운 표본이 되면 된다.

결정권자의 이해나 인정이 없더라도, 일의 기쁨과 슬픔은 성취로 바꿀 수 있다.

언제나 그랬듯이, 다시 길을 찾아보자. 내실을 단단하게 다지면서.

당신이 바라는 모든 것은 당신이 원하는 대로 되는 것이 아니라, 그저 당신이 노력하는 대로 될 뿐입니다.
- 헬렌 켈러

사람은 역시 스스로 길을 찾는다.
그 과정이 험난해도, 언젠가는
혼자의 힘으로 완전해진다.
그렇지 않다면, 이토록 길고 긴
사회생활에서 우리가 겪은 경탄의
일들은 어찌 설명할 수 있을까?
모든 순간은 설령 헤맬지언정,
존재의 이유가 있으며
의미를 가진다.

11

미용실 원장님이 존경하는 사람들

15년 넘는 세월 동안, 한 미용실에서만 파마를 했다고 하면 모두들 놀란다. 그리고 그 미용실 원장님께 파마를 하면 머릿결이 좋아진다고 고백하면 더 놀란다. 실제로 그런 미용실이 있다. 미용실 원장님은 숨은 고수, 실력자다.

대학생 시절 어느 방학 때였던 것으로 기억한다. 엄마 손에 이끌려 안 가던 미용실에 가게 됐는데 원장님의 말투와 포스에 상당히 큰 충격을 받았었다. 쉽게 설명하면 영화 〈타짜〉에서 김혜수 님이 연기한 '정 마담'이 좀 더 나이 들어 미용실을 오픈한다면, 이 원장님의 아우라와 닮지 않았을까? 뭐 그런 생각을 했었다. 당시에는.

원장님은 내가 갈 때마다 두건을 쓰고 있었다. 그 이유가 궁금해서 여쭤보니, 과거부터 지금까지 자신의 머리카락에 각종 파마와 염색 실험을 많이 해서, 머리숱이 줄고 있다고 말했다. 자신을 포함해 세상을 치열하게 살아가는 사람들은 머리로 열이 올라 쉽게 머리카락이 빠지는데, 원장님의 관찰 결과 '연구'하는 삶을 살아가는 이들은 머리숱이 적은 편이라고 했다. 그래서 원장님은, 머리숱이 적은 사람, 거기서 더 나아가 대머리가 된 사람들을 존경한다고 했다. 물론 이 이야기는 과학적으로 명확한 근거는 없다. 그런데 그때 이런 생각이 들었다.

실력자의 몸에는 반드시 흔적이 남는다.
자신의 분야에 최대한의 열정을 쏟은 사람들에게는
외면의 아름다움 그 이상, 인격의 아름다움이 피어나
존경으로 이어지는구나.
미용실에 가서 파마를 한 게 아니라,
뛰어난 연구자의 철학을 들었다.

실력자의 몸에는
반드시 흔적이 남는다.
자신의 분야에 최대한의 열정을
쏟아부은 사람들에게는
외면의 아름다움 그 이상,
인격의 아름다움이 피어나
존경으로 이어지는구나.

모든 상사는 딱
본인이 시킨 일만 생각한다

　　한 번에 하나의 일만을 진행하는 직군이 솔직히 부럽다. '인사총무부'라는 이름의 경영지원팀에서 일한다는 건, 말 그대로 백오피스. 성과를 내기도, 측정하기도 힘든 업무 패턴이 종종 서럽기도 한데, 일이 매일매일 터지고, 일의 양이 기하급수적으로 늘어난다. 그런 와중에 더욱 고충인 것은 여러 상사와 일해야 한다는 것이다. 마치 민원인을 상대하듯이 매일 뭔가 해결해야 하는 우리 업무는 여러 임원, 상사로부터 다이렉트로 뭐가 툭 떨어질 때가 있다. 물론 직속 라인은 하나다. 하지만 직속 상사들은 부하직원이 어떤 업무에 얼마만큼의 리소스를 투여하고 있는지 모르는 경우도 많다.

일상은 때때로 숨이 막혔다. 하던 일을 겨우 다 처리하고 숨 고르기를 시작하면, 새로운 업무 요청이 날아온다. 이런 상황 속에서도 항상 나름의 균형을 찾으려 애썼지만, 간혹 길을 잃기도 했다. 어느 때는 어떤 일을 먼저 처리해야 할지, 어떤 업무를 조금 더 시간을 두고 해야 할지 판단하기 어려운 순간이 찾아왔다. 유독 쌓아뒀던 감정이 폭발하고 이성적 제어가 어려운 날에는 누군가의 별것 아닌 말에 눈물이 터지기도 하고 나약한 자신을 탓하기도 한다. 어떤 날엔 화장실에 안 가면서까지 본능을 누르며, 뭔가를 빨리 처리하려 일을 했지만, 결국 업무가 꼬이기도 하고.

매 순간 선택과 우선순위에 대한 판단력이 중요하다. 생존하기 위해서는 더더욱 효율성을 꼭 고려해야 한다. 그래서 나는 상사들과의 소통을 더욱 강화하기로 마음먹었다. 상사들에게 나의 업무 상황을 정확하게 전달하고, 그들의 의견을 경청했다. 특히 직속 상사인 부장님께는 거의 매일 하루 일과를 리뷰한 후 퇴근한다.

물론, 이 모든 것이 완벽한 해결책은 아니다. 하지만 이런 노력들로 인해 백오피스 업무들이 조금 덜 힘들어졌다. 나아가 업무 처리 능력이 향상되고, 상사들과의 관계 또한 좋아졌다. 이를 통해 일상에서 조금 더 행복을 찾게 됐다. 생존의 비결은, 소통과 협력에 초점을 맞추는 것이었다. 노력과 별개로 변수를 통제하기 불가피한 상황이나 어려운 업무가 여전히 존재했지만.

어디선가 들은 적이 있다.
"상사는 딱 본인이 시킨 일만 생각한다."
그 말을 잘 새기면서,
주간업무 보고를 더 상세하게 적어야겠다.
상사들이 내가 한 일들에 대해
명확히 파악할 수 있도록.
일도 좋지만, 나도 살아야지.

매 순간 선택과 우선순위에 대한
판단력이 중요하다.
생존하기 위해서는 더더욱
효율성을 꼭 고려해야 한다.

어른인 척할 필요 없지 않을까

생각해봐. 우리 몸은 지속적으로 나이를 먹어. 노화를 겪지. 하지만 우리 정신연령도 몸에 맞게 올바로 나이 먹고 있을까? 십 대까지 갈 필요도 없이 스무 살 때의 정신연령과 지금의 나. 얼마나 바뀐 것 같아? 겉모습이 변화했다고 굳이 속까지 맞출 필요는 없잖아.

나이 먹었다고 다 어른이 아니야. 떠올려봐. 어린이같이 떼쓰는 어른들도 있잖아. 내가 꼭 어른의 모습을 하고 있어야 되는 것도 아니고. 어른으로 성장하고 있다 해서 청춘이 끝난 것도 아니고 말이야.

누군가는 청춘의 나이에 살면서도
이미 죽은 사람처럼 멈춰있기도 하고,

누군가는 내일 당장 죽을지 모를 병마와 싸우면서도
청춘을 능가할 열정과 패기를 품고 있어.

삶을 완성해나가는 여러 계절은 종료됐다가
다시 피어나길 끝없이 반복하겠지만

당신이 완전한 종료 버튼을 누르기 전에는
끝날 때까지 끝난 게 아니야.

해가 바뀌니까, 나에 대한 고찰이 심화되면서 '나는
보잘것없는 사람'이라는 것을 깨닫게 되는 빈도가 늘어가. 한
데 유심히 살펴보니까 나보다 높은 사람들도 비슷해. 부장님
도, 상무님도, 사장님도 열렬한 고민 속에 자아 성찰을 하더라
고. "아 내가 이거밖에 안 되나. 내가 더 잘할 수 있을까?" 하는
직장인의 원초적인 고민 말이야. 까놓고 보니 어른들도 같아.

오히려 어른이라는 이름으로 센 척하는 사람이야말로 나약한 존재지.

　살면서 센 척하는 나약한 존재를 만나면 우리가 그들을 지켜주자. 마음으로 측은하게 여기면서 돌봐주라고. 그리고 가끔씩 센 척하는 나 자신도 좀 돌봐주고. 인생이, 조직이, 우리들 사는 곳이 반사적으로 학습되어 그런지, 맹렬하게 쏘아붙이면 더욱 괴롭히려 들더라고.

　알아. 나도. 때때로 '내 힘으로 바뀌는 건 없다.'고 허공에 외칠 때가 생기고, 그 무력감이 너를 옥죈다는 걸. 그럼에도, 지나고 보면 바뀌는 것들이 있더라. 그게 시간의 힘이고, 세상이 변화하고자 하는 의지를 가질 때, 어느 날 갑자기 다가오는 깜짝 선물인가 봐.

　어른이라고 모든 걸 다 이겨낼 수 있는 건 아니더라. 앞으로 우리 어른인 척하지 말자. 내가 아는 모든 멋진 어른들은, 자화자찬하면서 '어른인 척'하지 않더라고.

누군가는 청춘의 나이에 살면서도
이미 죽은 사람처럼 멈춰있기도 하고,

누군가는 내일 당장 죽을지 모를
병마와 싸우면서도 청춘을 능가할
열정과 패기를 품고 있어.

삶을 완성해나가는 여러 계절은
종료됐다가 다시 피어나길
끝없이 반복하겠지만

당신이 완전한 종료 버튼을
누르기 전에는
끝날 때까지 끝난 게 아니야.

14

한 번에 한 걸음씩밖에 걸을 수 없다

2020년 2월 20일경이었다. 나는 일신상의 이유로 일주일간 입원하게 되었다. 그런데 내게 늘 감동만 주는 우리 팀장님이(지금은 퇴사하시고 건물주에 식당 사장님이 되었으며, 현 조직에선 내가 팀장 대행이다.) 이런 말로 또 한 번의 감동을 준다. "이 대리(나) 내일부터 입원인데 밥이라도 한 끼 좀 든든하게 먹여서 들여보내야 되지 않아요?" 하고 부장님(부서장)께 의견을 전하는 말.

그리하여 부서 전체가 다 같이 점심 식사를 하게 되었다. 업무 영역이 해변에 끝없이 펼쳐진 모래알갱이처럼 다양하고 급작스레 발생하는 일은 많고, 인원은 비교적 적은 우리 부서. 내가 없는 일주일(그나마 나 없어도 그럭저럭 괜찮을 시기로 입원 일정을 정했지만) 어찌 보낼지 참으로 걱정되기만 했는데, 다들 내 걱정을 얼마나 해주었는지, 너무도 고마웠다. 그리고 새삼 또 느꼈다. 내 곁에는 늘 좋은 사람이 있음을. 감사하고 살아야 한다는 것을. 가끔 팀장님은 너무도 '호인'이고 부장님은 무척이나 '선비'라서 '아, 나라도 악역을 해야겠다!' 싶을 때가 있다. 부서 간 이해관계가 얽힌다거나, 나라도 좀 드센 척을 하지 않으면 안 될 것 같은 상황에 놓일 때 말이다. 아마도 부장님 팀장님을 비롯한 부서원 모두가 다들 순하고 좋은 사람이라 이런 생각을 하게 되나 보다.

그날 다 같이 점심을 먹고 사무실로 돌아오는데 이제 막 횡단보도의 신호가 빨간불에서 파란불로 바뀌었다. 아마도 그때 그 질문을 던진 건 팀장님이었을 것이다. "다들 건널 수 있어요?" 하고. 그러자 제일 다리가 긴 한 대리가 나를 바라보았고, 나는 "네." 하고 대답했다. 아마도 한 대리는 내가 부서원 중 유일한 여자(지금은 여자 후배들이 많아졌다.)이기도 하고 힐을 신고 있었으므로 무의식중에 쳐다본 것이겠지. 그렇게 다 함께 길을 건너다 보니, 어느새 파란불이 깜박깜박하며 곧 위험한 빨간불로 바뀔 조짐을 보였다. 나는 짧은 다리로 전력 질주 했다. 그리고 횡단보도가 끝나는 그 지점에 한 대리의 얼굴을 바라보게 되었다. '학 다리'를 가진 그는 횡단보도를 성큼 성큼 몇 발짝 내디뎠고 추측컨대 제시간에 맞춰 길을 건너기가 그리 힘들지 않았을 것이다.

나는 헥헥거리다 그에게 말을 걸었다. "대리님은 다리가 길어서 좋겠어요." 그는 흠칫 여유 있게 웃다가 대수롭지 않게 "에이 비슷해요."라고 했다. 나는 속으로, '짧은 다리로 종종거려야만 하는 나보다는 늘 여유가 있을 수밖에 없지' 하고 생각했다. 그가 매우 부럽진 않았으나 타고난 보폭으로 앞서 나갈 수 있다는 것은 부정할 수 없는 '유리한 고지'이다.

그러나 뒤집어 생각해보면, 사람은 누구나 한 번에 한 걸음씩밖에 걸을 수 없다. "나는 한 번에 두 걸음 열 걸음을 걸어." 하는 사람이 있다면 나와 보라고 해. 인생이라는 길에는 분명 반칙과 권모술수와 변수가 난무한다. 그렇다 하더라도 스스로를 속이면 안 된다. 속이지 않고 한 번에 한 걸음씩.

내가 소화할 수 있는 보폭을 속이지 말고, 한 발씩 차분하게 나아간다면 언젠가 열 걸음을 먼저 걷고 자만심으로 멈춰 선 사람들을 만나게 될 것이다. 그때 다시 자만하지 말고 포용하고 같이 걸어야지. 정직하게 한 걸음씩. 지구는 둥그니까. 앞으로 나아가면 모두 다 만나겠지. 빨리 걷는 것보다 조바심 내지 않는 것, 올바르게 걷는 것이 중요하다고 믿는다. 스텝이 꼬이면 넘어지게 된다.

* 있는 그대로의 제 모습을 존중해주시고, 업무적으로 끊임없이 성장 기폭제가 되어주시는 우리 부서 모든 인원. 진심으로 고맙습니다. 앞으로도 서로 끌어주고 버텨주고 토닥이면서 회사와 우리 각자의 행복 모두를 위해 노력해 봐요.

사람은 누구나 한 번에
한 걸음씩밖에 걸을 수 없다.
"나는 한 번에 두 걸음 열 걸음을 걸어."
하는 사람이 있다면 나와 보라고 해.
인생이라는 길에는 분명 반칙과
권모술수와 변수가 난무한다.
그렇다 하더라도 스스로를
속이면 안 된다.
속이지 않고 한 번에 한 걸음씩.

15

이건 사람을 만나면 도망 필수

삶에서 '진리'를 찾는다는 건 매우 어려운 일이다. 옛 선현들이 찾고 헤매었으나, 또한 현대에 이르러 유식하고 현명한 어른들이 늘 연구해왔으나, 만인이 '이것은 진리요' 하며 인정하는 일이란 쉽지 않다. 현재를 기준으로 '진리'를 만들 수는 있다. 현상에 대한 해결책도 그렇다. 하지만, 시대는 바뀌며 때로는 변하지 않을 것만 같았던 '본질'들도 변한다. 그래서 시대를 관통하는 '진리'를 세우는 건 너무도 어려운 일이라고 생각한다.

그러나 내 경험에 의거한 사회생활 '진리'를 딱 하나

만 피력해보라면, 이 얘기를 하고 싶다. 내 기를 빨아가는 사람은 피해라. 만나면 피곤해지고, 상대하는 것만으로 에너지가 고갈되는 사람. 그런 사람은 우리의 영혼을 피폐하게 만든다. 물론 상대방에게 '악의'가 있는지 여부는 알 수 없다. 그게 중요치도 않다. 요는 내 마음에 있다. 마음에서 '저 사람 피해!' 하고 명령을 내리면 무조건 따라야 한다.

그런 사람들에게 하나씩 내어주고 배려하다 보면, 결국에는 내 에너지 모두를 내어주어야 한다. 그리고 다 주었는데도, 고마워하기는커녕 핀잔을 들을 때도 있다. 급기야 그 에너지 수거꾼들은 나를 지배하려 든다. 쿡쿡 찔러보다 쑥쑥 당해주니, 이때다 싶어 달려드는 하이에나 같은 사람들이다.

전문용어로 이런 사람들을 '나르시시스트'라고 한다. 단순히 나르시시즘이 강한, 자기애 충만한 사람들을 이르는 것이 아니다. 이에 대해서는 철저한 공부가 필요하다.

삶에서 나르시시스트를 만나면 무조건 도망가라. 이

게 내가 지난 십여 년간의 사회생활에서 깨달은 진리다. 나르시 시스트를 잘 피하고, 이들과의 관계를 효과적으로 단절하는 것만으로 우리들의 사회생활은 훨씬 덜 힘들게 흘러갈 수 있다.

인별에 돌아다니는 유명 이미지 중에 이런 표현이 있다.

"좋은 사람 만나기보다는 개새끼를 적게 만나는 게 인간의 복이다."

조금 과하긴 하나, 어떤 현자의 말보다 명언이다.

삶에서 나르시시스트를 만나면 무조건 도망가라. 이게 내가 지난 십여 년간의 사회생활에서 깨달은 진리다. 나르시시스트를 잘 피하고, 이들과의 관계를 효과적으로 단절하는 것만으로 우리들의 사회생활은 훨씬 덜 힘들게 흘러갈 수 있다.

16

번아웃

참 이상한 일이었다.

힘든데 왜 힘든지를 모르겠고,

매사에 열정적으로 임하고 있는데

어디서 누군가 뒷목을 잡아당기는 것만 같아서

초조해하다 주저앉게 되고.

몸과 마음이 동시에 추웠다가 더웠다가

피 같은 눈물이 철철 흐르다가

또 누가 농담 한마디만 던져도

까만 속을 숨기려 까르르 웃었다.

아무 문제가 없고, 나는 그저 열심히

주어진 일들에 최선을 다하고 있었는데,

왜 주말 중 하루는 중환자처럼 꼼짝없이 누워서

심신에 에너지를 촘촘히 보충해야 했을까?

누가 명명했는지 모르겠지만 그 말 참 적절하다.

번아웃,

스스로 열의에 타올랐는데

왜 아무것도 남지 않은 것 같지?

뭐라도 남았으면 좋겠다.

덜 억울하게.

번아웃,
스스로 열의에 타올랐는데
왜 아무것도 남지 않은 것 같지?
뭐라도 남았으면 좋겠다.
덜 억울하게.

2부

일에
정답 없음이
정답

너의 삶은 너의 선택만이 정답이다.
그러한 이유로, 그대의 삶을 항상 응원했다.

- 드라마 <도깨비> 중에서

1

역지사지와 최고의 복지

　　세상 대부분의 '상사'는 부하직원을 다소 답답하게 생각한다. 왜냐하면, 답답하니까. 나 때는 안 그랬으니까. 나라면 안 그럴 것 같다는 마음이 드니까. 그리고 지금 나는 저 친구에게 어떤 일을 시켰고, 그 일은 해결되지 않고, 특정된 그 '일'만 보인다. 왜 마무리가 안 되지? 왜 중간보고가 없지? 이 친구를 시키느니 '그냥 내가 할걸 그랬나.' 하는 생각이 들곤 한다. 그게 내가 아는 모든 상사들의 속마음이다.

　　그런데 상사들은 이걸 모른다. 상사의 눈에 안 보이는 자잘한 현업으로 부하직원은 상당히 큰 고통 속에 여러 가지 일을 하고 있다는 것을. 부하직원이 어떻게 일하는지 일의 전 과정, 모든 프로세스에 대해서 충분히 공감하는 상사는 거의 없다고 봐도 무방하다. 그리고 일정 규모 이상의 회사들은 직속 라인, 직속 팀과만 일하지 않고 여러 선임, 상사, 임원과 함께 일하는 구조로 되어 있으니 더욱 그렇다. 때문에 간혹 의사소통에 문제가 발생할 확률도 존재한다.

상사가 부하직원의 고충을 알 수 없다면, 반대로 부하직원도 상사 어깨에 짓눌린 그 막중한 책임감과 부담감을 절대 알 수 없으리라. 단지 지시받는 일을 하기만 하면 되었던 입장에서, 일을 만들어내고 성과를 측정하고 회사의 미래까지 걱정하며 거시적 안목을 갖춰야만 하는 사람이 되면, 매 순간이 스트레스-초조-긴장-그러다 비로소 '안도'로 이어진다. 실로 엄청난 일의 무게를 감당하는 자들의 입장을, 그 위치에 서기 전까지는 아마 알 수 없을 것이다.

마찬가지로 관리팀은 영업팀의 고충을, 생산팀은 비서실의 고충을 절대로 알 수 없다. 겪어보지 못하면 '이해의 근처'에도 닿기 어려운 영역들이 세상에는 아주아주 많기에. 그러니 일을 할 때 함부로 속단하지 않는 태도야말로 서로 잘 지내는 최선의 방법이 아닐까 감히 추론한다.

다만 이 글을 읽는 여러분들이 상사의 입장보다는 부하직원의 입장에 계신 분들이 많을 테니 욕먹을 각오로 적어본다. 제발 상사 욕은 하지 말자. 그리고 내 상사가 어려운 사람이라고, 이상한 사람이라고, 답답한 인격을 가졌다고, 저 사람 리얼 꼰대라고 생각하지 않을 것을 권한다. 그냥 '사람'이라고 생각하자. 일하러 와서 만난 '존재 그대로의' 사람. 내가 어떻게 하느냐에 따라서 더할 나위 없이 든든하고 좋은 사람이 되어주기도 하는 존재다.

여러 해 동안 회사와 조직을 경험해보니, 회사에 정 붙일 사람이 단 한 명만 있어도, 회사 생활은 훨씬 더 즐겁다. 매일 소망한다. 우리 모두의 회사 생활이 진심으로 즐겁기를. 그리고 더 나아가 넓은 범주에서 '사회생활'이 모두 즐겁기를. 사람을 '적'으로 보지 않고, '친구'로 여기기 시작하면, 상사나

부하직원이나 기본적으로 내 편이라 생각하게 되면, 그곳이 천국이다. 또한 그것이 최고의 복지를 실현하는 길이다.

상사들은 이걸 모른다. 상사의 눈에
안 보이는 자잘한 현업으로
부하직원은 상당히 큰 고통 속에
여러 가지 일을 하고 있다는 것을.
부하직원이 어떻게 일하는지 일의
전 과정, 모든 프로세스에 대해서
충분히 공감하는 상사는
거의 없다고 봐도 무방하다.

여러 해 동안 회사와 조직을
경험해보니,
회사에 정붙일 사람이 단 한 명만
있어도, 회사 생활은 훨씬 더 즐겁다.
매일 소망한다. 우리 모두의
회사 생활이 진심으로 즐겁기를.

2

내가 전통이 될 수 있을까

2020년 겨울 어느 날. 직속 상사인 부장님과 단둘이 밥을 먹게 되었다. 그런 날은 부서 업무나 커리어에 대한 심도 깊은 이야기가 오가기도 하고, 내 시선에서는 생각하지 못했던 부장님의 이야기를 들을 수 있어서 얻는 것이 많다. 대화를 나누다가 일련의 이슈로 2019년에 내가 '회사 직원들의 성장을 촉진시키기 위한' 주제로 짧은 글을 썼던 사실을 상기하게 되었다. 그것은 당시 '일하기 즐거운 조직문화'를 만들어보자는 임원의 지시하에 생각나는 사항들을 정리한 것이기도 했고, '좋은 기업은 직원을 기업가로 키워낸다.'는 명언에서 영감을 얻은 문장의 연속이기도 했다.

당시에 내가 쓴 글을 중간부터 마무리 부분까지 소개한다. 글은 부서원들이 부서의 과제를 완수하기 전에 다 같이 한 번쯤 생각해봤으면 하는 부분을 건드리자는 취지였다. 결과적으로 여차 저차 과제 자체가 무산된 것이나 다름없어, 내 글은 온전히 내 생각으로만 그치고 말았다.

항상 느끼지만 일정 이상의 규모를 갖춘 회사에서 '인사총무부'의 역할은 그 어떤 조직보다 중요하며, 우리의 일은 사명감 없이는 해내기 어려운 막중한 무게에 눌려 있습니다. 물론 우리들 중 누군가 하나가 빠져도 '회사'는, '인사총무부'는 잘 돌아갈 것입니다. 다만 남겨진 사람들이 조금 불편할 뿐. 그리고 떠들기 좋아하는 호사가들은 우리의 업무를 평가절하 해왔을 수도 있습니다. 그렇지만 우리는 알고 있습니다. 매일매일 차곡차곡 처리하는 일상적 업무와 일련의 과정들이, 회사 측과 근로자 측 시선의 간극을 좁히는 창구로서 활약함이 얼마나 중요한지를.

사람이라면 누구나 '중요한 일'을 하고 싶어 합니다. 위에서 말씀드린 '중요'가 인사총무부 구성원으로의 '주관적 중요'라면 누구나 하고 싶은 일의 '중요'는 '객관적 중요'입니다. 일다운 일, 내가 돋보일 수 있는 일 그것은 곧 성과를 낼 수 있는 일이며, 회사에서 공로를 치하할 수 있는 일입니다. 하지만 저는 '보이지 않는 일 - 수만 가지'가 모여서 한 가지 큰일을 할 수 있는 토대를 제공한다고 생각합니다. 결국 소중해 보이지 않았던 일들이, 큰 숫자가 좌지우지되는 일 하나를 떠받들게 됩니다.

그러나 우리 스스로 인사총무부의 업무를 '필요하지만, 돋보이지는 않는 일', '중요하지만, 중요해 보이지는 않는 일'로 정의하면, 안 된다고 감히 생각합니다. 그렇게 되면 우리는 그저 그런 인사총무부의 일원으로 기록될 것입니다. 그런데 그 반대가 되면 어떨까요? 후일 누군가의 입을 통해 이런 기쁜 소식을 듣게 된다면요? "자네 혹시 그거 아는가. ○○회사 인사총무부는 말이야. 그때 그 '레전드 멤버' 이전과 이후로 완전히 나뉘거든. ○○의 가치는 그때 이후로 철저히 달라졌어." 이런 훌륭한 평가를 남기게 된다면 말입니다.

지금도 우리는 부서장님 이하 소수의 인원으로, 버거울 정도로 다양한 업무 영역에 매진하며 '좋은 인사총무부'로서의 가치를 이어가고 있습니다. 그러나 거대한 변화의 물결 속에서 유연히 대처하는 유일한 방법은 파도와 혼연일체 되어 서핑보드에 몸을 맡기는 것처럼 자연스레 우리의 역할에 대해서 생각해야한다는 것입니다. 전통의 ○○에서 '시대의 흐름'을 더하고 회사 내부에서 우리 자신은 물론, 구성원 모두에게 새로운 '일의 의미'를 찾게끔 해주어야 할 것입니다. 저는 그 '의미'가 곧 사람의 성장을 이끄는 촉진이며 인사총무부의 '일하기 즐거운 조직문화' 활성화 기획의 핵심이라고 생각합니다.

글을 시작하며, 이 글은 숙제의 일부라고 말씀드렸습니다. 그리고 저를 제외한 다른 분들께서 다음 주 회의에 아이디어를 가지고 오실 때 작은 도움이라도 드릴 수 있지 않을까 찾아보다가 자료를 하나 첨부합니다. 아래 '내가 하는 이 일이 전통이 될 것이다!'는 제가 자주 보는 글입니다. 개인적으로 아래 글의 작성자인 '여준영 대표님'과 일면식도 없지만, 한번 읽어보십시오. 업무에 대한 정신력이 바닥났을 때 이 글을 읽는다면 내 일에서 '의미'를 찾게 됩니다.

아마 우리 모두는 각자의 일에 치여 서로가 하루 종일 뭐 하는지 잘 모를 때가 많을 것입니다. 가끔은 저도 '내가 하루 종일 대체 뭘 하는 건지 모르겠다.'는 생각을 합니다. 업무 영역의 특성이기도 하고 디테일에 연연하는 업무 스타일 때문이기도 하고 '내 업무보다는 타인의 업무를 먼저 도와야' 마음이 편하다고 생각하는 성격이라서 그렇기도 합니다. 그런데 온갖 잡일의 콜라보 속에서 멘탈이 후들거릴 때 이 글을 읽으면 이상하게 마음이 편해집니다. 그리고 정말 전통으로 남았으면 합니다.

여준영 대표님의 글은 다음과 같습니다.
"누적되는 일이 있고 흩어지는 일이 있다. 흩어지는 일에 치이게 되면, 사람은 회의를 느끼며 비극에 빠진다. 그러나 설령 잡일이라 할지라도 그것을 누적되게 만든다면, 또한 목적 설계 상상으로 긴 여정의 시작을 기획한다면 우리는 이런 기쁜 생각을 하며 살아갈 수 있다. 내가 하는 이 일이 전통이 될 것이다."

2019년에 부서원들에 편지처럼 쓴 글, 그리고 2020년 하반기에 '내가 전통이 될 수 있을까' 의문을 품은 지 3~4년이 지났다. 현재를 기점으로, 무엇이 바뀌었느냐고 묻는다면 할 말이 없다. 일상적인 업무는 그대로고 새로운 업무가 계속 생겨나긴 하지만 그렇다고 훌륭한 평가로 남을 만한 일들이 쌓였는지 확신하지 못하겠다. 여전히 하루 종일 대체 뭘 하는지 모르겠는 나날이 많으며, 윗분들이나 상사의 기대치에 부

응하고 있는지도 잘 모르겠다. 그럼에도 불구하고 나는 이 업무에 사명감을 가지고 일한다.

2020년 그날. 부장님과의 대화에서 나는 몇 가지 당장 적용 가능한 아이디어도 이야기하고 차후에 이런 프로젝트도 해 봤으면 좋겠다고 말씀드렸다. 역시나 차후로 생각한 부분들은 차후에나 적용이 가능할 성싶다. 부장님은 "지금 당장은 아니나, 그런 아이디어들이 조직문화를 바꾸고 빛을 발할 날이 올 것"이라고 얘기해주셨다. 그냥 나 듣기 좋으라고 하신 말씀이 아닌 것을 안다. 천 명의 사람이 있다면 천 개의 장점이 있을 것이다. 오직 나만이 가진 장점도 분명 있을 것이고. 그 한 가지는 꼭 발휘해보고 싶다.

앞으로도 나는 이 전통의 회사에서 일의 의미를 계속해 찾을 것이고, 다른 사람들 또한 회사 안에서 소소하고 즐거운 의미들을 발견할 수 있도록 함께 고민해줄 것이다. 매일 매 순간을 즐겁게 일하도록 만들어주는 조직에 감사한다. 나의 누적된 고민이, 그리고 회사 내에서의 여러 경험과 기획안과 업무 스킬이 먼 훗날 이 회사의 작은 전통이 되어 남을 수 있도록, 중요치 않은 일이라 할지라도 지속할 것이다. 지치지 않고, 멈추지 않고. 흩어졌던 많은 조각들을 잘 모으기만 해도 성장이 촉진되고 전통의 탑이 조금씩 쌓일 수 있다고 믿는다. 물론 내가 회장도 사장도 아니요, 그렇다고 후에 사장이나 회장이 될 것도 아니겠으나.

생각보다 회사 안에서 내 의지로 시행되는 일들은 많다. 내가 유지시킨다면 그건 전통이 될 것이며, 중도 포기한다면 아무리 좋은 기획이나 아이디어라도 사라져 버릴 것이다. 전통이 되기 위해선 결국 실행이 답이다. 지치지 말고 실행해가자고, 오늘도 내 마음을 스스로 다독여본다.

생각보다 회사 안에서 내 의지로
시행되는 일들은 많다.
내가 유지시킨다면 그건
전통이 될 것이며,
중도 포기한다면 아무리
좋은 기획이나 아이디어라도
사라져 버릴 것이다.
전통이 되기 위해선
결국 실행이 답이다.

3

회사 다니면서 책 쓰기: 첫 책의 기쁨

첫 책 『가장 빛나는 순간은 아직 오지 않았다』를 출 간하고 1~2주가 지나자 믿을 수 없는 결과가 나타났다. 교보 문고 시에세이 분야 15위에 들었으며, 국내도서 80위에 올랐 고, 네이버 도서 분야에서 '베스트셀러'를 인증하는 빨간 딱지 를 받게 됐다. 그 인증 마크를 확인한 순간 얼마나 기쁘던지. 그 시간들이 인생의 '빛나는 순간들'이었다. 구름 위를 걷는 것 만 같은 기쁨의 나날들이었다.

그러다 보니 나도 모르게 한동안 '베스트셀러'라는 단어에 집착하게 됐다. 아, 나도 참 어쩔 수 없는 사람이다. 순위에 연연하고, 집착하고. 힘겹게 오른 길, 기대치보다 높이 오른 길, 고지를 눈앞에 두고 가파른 내리막이 싫은 사람이었다. 마음을 비우고 안정을 찾고 잔잔한 호수 같은 평정심으로 '내려놓아야지.' 하면서도, 그게 잘 안 됐다. 책을 낸 그 자체에 의의를 두자고 생각하면서도 욕심이 생기는 것은 어쩔 수 없나 보다. 어떤 검증도 없이 단지 내 글만 믿고 지지하며 여기까지 함께 와준 출판사에 손해를 끼치는 것은 죽기보다 싫었기에 어쨌거나 내가 할 수 있는 모든 일에 최선을 다했다. 일생을 뻔뻔하게 살아온 적 없는데, 그때만큼은 초판을 모두 소진시키겠단 각오로 내 책을 셀프 홍보했다. 그리고 목표했던 바를 이뤘다. 중쇄를 찍었다.

책을 낸 그 무렵부터 인생이 아주 조금씩 달라지는 것을 느꼈다. 일단 주변의 시선이 조금 달라졌다. 글 쓰는 것에 소질이 있다는 것을 알고 계셨던 분들도 '책을 낸 것'에 큰 의미를 부여해주시고 '대단하다'고 높이 평가해주셨다. 친한 언니는 "이제 만나기 힘든 것 아니냐."고 하면서 괜스레 놀리기도 하고. 이제 겨우 '작가' 타이틀을 달게 되었는데, '직장인

(본캐)'과 '작가(부캐)' 사이에서 약간의 혼란이 생기기 시작했다. 더욱이 본명을 두고 필명으로 책을 냈기 때문에, 그 간극에서 오는 혼란스러움이 종종 나를 어지럽게 했다. 예를 들면, 내 본명 뒤에 작가님을 붙여 불러주시는 분들께는 필명으로 정정 요청하였고, '이청안'이 누구냐고 묻는 친구들과 지인들에게는 필명을 지은 이유와 과정에 대해서 설명해야 했다.

베스트셀러 인증을 받은 날은 더 난리였다. 부장님은 순위가 올라갈 때마다 "평소에 덕을 많이 쌓았나 봐?"라고 말하며 축하해주었다. 첫 책을 지지해준 많은 분들의 따뜻한 격려와 지원 덕분에, 기쁨과 감사의 눈물이 자주 흘렀던 2020년이었다. 회사 임원분들과 지인들도 모두 자신의 일처럼 기뻐하며 지원해주셨다. 다른 회사에서는 책을 냈다고 하면 윗분들이 '딴짓'을 한다며 못마땅해하고, 동료들은 시기 질투를 한다던데 우리 회사는 아니었다. 진심으로 다행이었다.

그로부터 두 번째 책을 준비하는 지금에 이르기까지 내 인생의 많은 부분이 바뀌었다. 서로의 성장에 영향을 주는 가까운 지인들이 늘었고, 스승으로 삼고 싶은 분들이 더욱 많이 생겨났으며, 작가이자 강의를 하는 사람으로 부캐의 영역을 가지게 됐다. 앞으로 계속 작가로 살아가게 된다면, 직장인으로서의 본분을 지키면서 다른 영역에도 내 창의성을 발휘한다면, 나는 더 달라진 삶을 살 수 있을까? 기대 반, 걱정 반이다.

"너의 사회생활이 힘들지 않았으면 좋겠어."라고 말하면서 내 이야기를 다시 공개하면, 이번에는 어떤 시선을, 어떤 평가를 받게 될까? 그런 생각의 폭풍이 나를 잠 못 들게 하고, 또 동시에 내일을 기다리게 한다. 책을 내고 그 경험으로 말미암아 글쓰기의 참맛을 세상에 공유하고서, 인생이 긍정적으로 달라지는 것을 느낀다. 아주 미미하게라도 세상에 도움이 되고, 보탬이 되는 사람이 되기 위하여 내일도 소중한 나를 잘 이끌어야겠다. 그리고 무엇보다도 내게 '가장 빛나는 순간'은 아직 오지 않았을 테니까. 내 글로, 내 책으로 우리 부장님 말씀처럼… 앞으로도 덕을 쌓을 수 있었으면 좋겠다. 그렇게 된다면 더 이상 바랄 것이 없다.

4

심플 이즈 베스트

세상은 숱한 욕심으로 득시글거린다. 이 욕심들은 모이고 모여서 여러 가지 선택지를 만든다. 선택지는 주로 '다양한 게 좋다.'는 다소 애매한 방식으로 시작되고 개인이나 기업이나 정확한 답안지를 내밀지 못하고 소비자에게 객관식 문제만을 던진다. 욕심은 욕망을 단순하게 만들지 못하도록 방해하고 소비자의 마음에 다가가 문을 두드리지 못하는 걸림돌이 된다.

기업 홍보팀에서 일하면서 보도자료 작성법을 익히며 가장 극명하게 배운 것, 최대로 고민하는 지점 또한 이거다. 딱 하나만 선택하기. 하고 싶은 말들은 늘 많겠지만, 전체를 아우르는 핵심은 단 하나여야 한다. 심플 이즈 베스트. 하나를 보면 열을 안다. 그 하나도 제대로 설득하지 못하는데, 욕심만 많아서는 될 일도 안 된다.

하고 싶은 말들은 늘 많겠지만, 전체를
아우르는 핵심은 단 하나여야 한다.
심플 이즈 베스트.
하나를 보면 열을 안다.
그 하나도 제대로 설득하지 못하는데,
욕심만 많아서는 될 일도 안 된다.

5

히어로가 될 수 없다면
빌런이라도 되겠다는 친구의 말

내가 아는 '가장 똑똑한 친구 S'와 작년 봄에 나눈 대화가 잊히지 않는다. S는 초식동물의 이미지보다는 강인한 육식동물이 좋고, 평화로운 시대를 유지한 조용한 왕보다는 혁신과 변화를 이끌어 당대를 개척해나간 왕이 좋다고 했다. 역사에 영향력 있게 기억되는 사람들이 좋다며, 어차피 사는 것 조용히 사라지기보다는 이 세상에 스크래치라도 내고 싶다 말했다. S와 나눈 대화를 살짝 정리하자면 이렇다.

S: 나는 그냥 시시하게 살다가 죽기는 싫어. 좋은 쪽으로 이름을 못 날린다면 나쁜 쪽으로라도 남겨야겠어.

나: 캬! 히어로보다는 빌런이 되시겠다?

S: 프리츠 하버라는 독일 유태인 화학자가 있어. 이 사람은 공기 중에 있는 질소를 암모니아로 전환시키는 하버법이라는 것을 만들어 비료 산업에 큰 공헌을 하고 농작물 생산량을 늘리게 했지. 그걸로 노벨 화학상을 탔어. 양자 물리학자인 막스 보른하고 같이 연구하기도 한 사람인데, 와이프도 독일 최초 여성 화학박사를 딴 분이었고!

나: 갑자기 그런 얘기가 왜 나오는 거야?

S: 연관이 있으니까 들어봐. 암튼 1차 세계대전이 일어나며 이 사람은 이렇게 생각을 해. "과학자는 평시에는 세계에 속하지만 전시에는 국가에 속한다." 라고. 그러면서 독일군에서 최초의 화학전을 발생시키게 만든 염소가스 기반 화학무기를 만들었지. 근데 와이프도 화학박사라고 했잖아. 와이프는 반대를 했어. 과학은 결코 무기가 되어서는 안 된다고 하면서. 근데 이 사람은 국가를 위해서 와이프 말을 안 들었지.

나: 아내와 남편의 가치관이 충돌하네.

S: 그래서 와이프가 죄책감과 우울증으로 집 마당에서 아들이 보는 앞에서 가슴에 총을 쏴서 자살해. 그리고 1차 세계대전이 끝나고 하버는 전범자로 찍혀서 정착을 못 하고 전전하며 쫓기는 삶을 살게 되지. 그가 만든 독가스는 2차 세계대전 중 아우슈비츠 수용소에서 자신의 일족인 유태인들을 죽게 만드는 데 사용되었고. 결국 노년엔 여기저기 떠돌다 외로이 호텔방에서 심근경색으로 죽었다고 해.

나: 비극이네. 그럼에도 너는 이 사람처럼 역사에 이름을 남기고 싶은 거야?

(하략)

그날 이후 S의 발언에 확실히 자극받았다. 그래서인지 '나도 역사에 이름을 남기고 싶다.'는 생각을 조금 했다. 작년에 코엑스에서 열린 2022 서울국제도서전에 김영하 작가님의 프로필 사진이 크게 걸린 것을 보고, 같이 갔던 친구에게 "나도 아이돌이 되겠어!"라고 했다. 무슨 뜻인지 되묻는 친구의 표정을 알아채고, "김영하 작가님은 문학계의 아이돌"이라고 말했다. 실력도 유명세도 탁월한 분이라고 설명하며 내가 한껏 욕망을 드러내자, 친구가 "행운을 빈다."고 말하며 어이없어했다. 나를 드러내길 지극히도 싫어하는 사람이, 세상에나 '문학계의 아이돌'이 되겠다니, 돌이켜보면 말이 안 되지만 그 순간만큼은 진심이었다. 유명해지는 게 더 영예롭고 더 가치 높게 여겨졌으니 말이다. 확연히 S와의 대화 이후 가치관에 변화가 일어났다.

　　하지만 이날 내 발언은 수단 방법 가리지 않고 어떻게든 유명해지겠다는 뜻이 아니었다. 어쩌면 문학계의 아이돌이 아니라 '히어로'가 되겠다는 초심자의 의지 같은 거였다. S가 명백히 유명해진다면 빌런이라도 상관없다고 외쳤던 것과는 결이 다르다. 사소한 부분도 흠 잡히길 싫어하는 나 같은 사람은 아무리 욕심(모국이 전쟁에서 이기길 바라는 대의적인 것이라 해도)이 나더라도 이것저것 다 따지다가 하버 같은 선택을 하지 못할 거다.

최근 2~3년간 방영되는 드라마에 단골로 나오는 대사가 있다. "괴물을 잡으려다가 괴물이 되었다." 무슨, 유행어 돌려 막기라도 하고 있는 것 같다. 매우 자주 나온다. 당연하게도 우리는 괴물이 되어서는 안 된다. 되려거든 히어로가 되어야지. 세상을 구하는 건 언제나 히어로라고 믿는다. 다만, 큰 히어로는 몇 명 없다. 그래 봐야 뭐 어벤져스 정도인가? (이 분들 다 쉬고 계신 것 같던데 그럼 지구는 누가 구할지 모르겠네.)

그러나 작은 히어로는 셀 수 없이 많고 하루하루 주어진 여건 안에서 최선을 다해 살아가는 소시민 히어로도 많다. 물론 S가 이뤄내고자 하는 '역사에 길이 남을' 히어로는 '소시민 히어로'와 거리가 멀겠지만 말이다. "유명해지면, 네가 똥을 싸도 박수를 쳐준다."는 웃지 못할 말이 있지만, 그거야 말로 유명세와 실력이 결합된 일종의 선순환이다. 유명해서 똥을 쌌던 그 사람은 똥 싸는 것도 뭔가 남달랐겠지. 그런 생각도 해 본다.

나는 빌런이 되겠다는 S를 누구보다 존중한다. 이 말

이 결코 부정적인 의미가 아님도 정확하게 이해한다. 그래서 S가 유명해지기를, 그가 원하는 대로 역사에 이름을 선명히 새기길 바란다. 그러나 되도록이면 빌런보다는 히어로가 되기를, 거기다 기왕이면 자신의 생을 즐기는 히어로가 되기를 바란다. 질서 정연하고 투명한 그는, 부지런하고 아이디어가 샘솟는 그는! 빌런보다 히어로가 훨씬 더 잘 어울린다.

프리츠 하버에 이은 또 하나의 유명한 독일인 괴테는 이렇게 말했다.

"언제나 현재를 즐길 것, 인생은 현재의 연속이다."

모두 모두 행복해져라! 빌런도 히어로도!

역사에 이름을 남긴다는 것. 그건 어쨌거나 죽은 뒤의 일이다. 즐기는 사람이 승자라 생각한다. 빌런 혹은 히어로, 무엇을 선택하든 즐기는 사람의 행복은 살아생전에야, 오로지 살아있어야만 누릴 수 있다. 때때로 자신의 가치관이 이리저리 충돌해서 혼란함이 상처를 내더라도, 눈치 보고 타인의 인생을 베끼며 '돌려 막기'는 하지 말자. 똥 싸다가 주저앉더라도 웃고 넘기자. '그럴 수도 있지.' 하며 툭툭 털고. 그러면 유명해지지 않아도 사람들이 박수를 쳐줄 것만 같다. 빌런도 히어로도 모두 주인공. 주인공의 다음 스토리가 기대된다. 행복해져라! 같이 주문을 외워준다.

"거기! 주인공! 안 일어날 거야? 그러다 주인공 뺏긴다. 얼른 일어나! 아직 촬영 남았어."

역사에 이름을 남긴다는 것.
그건 어쨌거나 죽은 뒤의 일이다.
즐기는 사람이 승자라 생각한다.
빌런 혹은 히어로, 무엇을 선택하든
즐기는 사람의 행복은 살아생전에야,
오로지 살아있어야만 누릴 수 있다.

6

성장하고 싶어서
몸이 근질거리는 후배에게

우리 회사에는 연륜 있는 어른들이 많다. 그 연륜과 노하우를 모조리 흡수해서 내 것으로 만드는 일이, 최근의 내 중대 과제다. 그런데 꼭 선배인 어른들께만 배우고 싶진 않다. 나보다 성숙하고 혜안 있으며 실력도 인성도 뛰어난 후배들이 매일같이 나를 자극시킨다. 선배들에게 배우는 것, 후배들에게 배우는 것이 정확히 반반이다. 그래서 회사 생활이 재미있고, 내가 '베스트 멤버'라 여기는 이 선후배들과 함께할 앞으로의 회사 생활도 기대가 된다.

영화 〈더 퍼스트 슬램덩크〉가 한창 돌풍을 일으키던

어느 날, 회사 후배 중 한 명이 커리어에 대한 고민을 내게 털어났다. 나만큼이나 일 욕심이 많으니까, 그래 지금쯤 다른 일도 손을 대보고 싶고 성장하고 싶어서 몸이 근질거리겠지. 그렇지만 섣부르게 접근하면 원치 않는 결과를 손에 넣게 되거나 괜히 덴다고 말해줬다.

앞서 언급한 영화 〈더 퍼스트 슬램덩크〉를 본 사람들은 알겠지만, 극 중 '정우성'의 기도는 독이 되어 돌아왔다. 그는 "저에게 도움 되는 경험을 선물해주세요."라고 빌었지만, 그 경험은 훗날 어느 순간 뼈저리게 도움 될지 몰라도, 당장 그가 원한 '도움'은 아니었다. 그건 그야말로 '독 같은 선물'이었다. 나도 사회생활 안에서 독 같은 선물을 여러 번 받아봤기 때문에 후배에게 위와 같이 말했다. 지금만 봐선 안 되고 나중을 보라고.

"더 중요해질 일을 해. 그건 현재의 상황이 기준이 되어선 안 돼. 미래를 기준으로 생각하자."

이 글을 쓰고 있는 2023년 1분기를 기점으로 요즘 매일같이 ChatGPT와 대화 중이다. Bing AI는 더욱 참신하다. 이 생성형 AI들과의 대화는 계속해서 새로운데, 이들을 잘 활용하면 코딩을 할 줄 몰라도 내가 원하는 방향과 방식으로 프로그래밍을 시도할 수 있다는 점이 무척 신기하고 신난다. 그래서 내가 후배에게 한 말이, "괜한 잡무에 더 손댈 생각 말고, 퇴근 후에 AI랑 파이썬 공부해."였다.

아마 똑똑한 친구니까 내 말 이면에 자리한 섬세한 부분까지도 모두 파악했을 것이라 생각한다. 그리고 드라마 〈대행사〉를 보고 회사 내의 의사결정 과정을 배우라고 했다. 회사의 선택은 정치적일 수밖에 없다고. 내가 장난으로 한 말인 줄 알았겠지만 진심인데. 여기까지 이해했어야 에이스 후배로 인정할 수 있는데. 하하하.

나는 이 친구랑 속 깊은 얘기를 하는 게 너무나도 즐겁다. 후배는 자주, 자기 주변인들을 칭찬한다. 그 속말을 들여다보면 타인의 장점을 연구하고 그걸 배우려 노력하며 행동하는 후배의 의지가 보인다. 같이 밥을 먹는 날이면, 나는 알지도 못하는 제3자를 마구 칭찬한다. "저보다 어린데, 그 사람은 되게 성숙한 것 같아요."라고.

후배는 알까. 내게는 그런 대상이 바로 '당신'이라는 것을. 그리고 내 회사 생활을 버티게 만들어주는 여러 버팀목 중에서 당신의 지분이 꽤나 크다는 것을.

우리, 덜 스트레스 받고, 덜 데고 치이며, 매년 더 커가면서 오래 근무하자. '연륜'이라는 단어가 낯설지 않게, 실력도 태도도 더욱 당당해지는 그날까지.

사람은 갑자기 사라지기도 하잖아.
그래서 나는 서로가 전부가 되면 안 된다고 생각해.
내가 아니어도 네가 하고 싶은 일,
널 일으켜 세우는 무언가가 있었으면 좋겠어.
왜 누가 시키지 않아도

밤새워서 미친 듯이 하게 되는

뭐 그런 거 있잖아.

네가 진짜로 원하는 게 뭔지 잘 생각해 봐.

- 드라마 〈법대로 사랑하라〉 중에서

사람은 갑자기 사라지기도 하잖아.
그래서 나는 서로가 전부가 되면
안 된다고 생각해.
내가 아니어도 네가 하고 싶은 일,
널 일으켜 세우는
무언가가 있었으면 좋겠어.
왜 누가 시키지 않아도
밤새워서 미친 듯이 하게 되는
뭐 그런 거 있잖아.
네가 진짜로 원하는 게 뭔지
잘 생각해 봐.
- 드라마 〈법대로 사랑하라〉 중에서

ㄱ

안 알아줘도 괜찮아

'알아줌'은 너무도 중요한 문제이다. 어쩌면 전부이
다. 누군가를 죽고 살게 한다.

- 하미나, 『미쳐있고 괴상하며 오만하고 똑똑한 여자들』 중
에서

어쩌면 늘, 나는 그 망할 인정욕구에 시달렸다. 스펙
쟁쟁한 애들 사이에서, 나조차 인지 못 할 인정욕에 목말라 있
었다. 나를 좀 알아달라고, 한발 앞서 움직였다. 그게 또 당연
한 줄 알았다. 센스 없다는 소리를 들을까 봐 내심 긴장했다.
열등감이 없는 편이라고 생각했는데, 여태 '센스'가 없었던 것

이다. 나 자신을 파악하는 센스.

내가 어린이였을 때, 그때는 다시 떠올려 봐도 '멋쟁이'였다. 한겨울에 미니스커트를 입으려고 발악을 했으니 말이다. 엄마는 춥다고 말렸지만, 내가 완고하니 결국 입는 걸 허락했다. 그리고 한마디 덧붙였다. "멋 부리려면, 이 정도 추위는 견뎌야 되는 거야." 현관 밖에 나서자마자 이가 덜덜 떨리는 강추위에, 멋이고 뭐고 미니스커트 입기를 결정한 판단을 후회했지만 나는 꿋꿋이 견디기로 했다. 멋져 보이기를 택했고, 추워서 죽을지언정 지기 싫었다. 아무도 싸움을 걸어오지 않았지만 혼자와의 싸움에서 이겼다.

흔히들, 세상의 인정을 받으려고 목매면 삼류라고 유치한 거라고 말한다. '조용한 퇴사Quiet Quitting' 문화가 확산되면서 이런 기조가 심화되고 있다. 이런 문화는 최대한 일을 하지 않고 월급을 받으려 한다는 헛똑똑이 인재를 양성하고 있다. 이들은, 회사나 사회가 그렇게 호락호락하지 않다는 것을 아직 모른다.

인정욕구를 피할 수는 없다. 그건 인간의 본성이나 다름없으니까. 누군가 나를 알아주고 용기를 줄 때, 우리는 더 나은 사람이 되기 위해 한 발씩 앞으로 나아간다.

무엇보다, 스스로의 노고를 알아주고 인정해주자. 어떤 날은 자신에게 화가 나기도 하고, 쉬이 변하지 않는 현실에 눈물이 나기도 하겠지만. 그럼에도 모든 모습이 나다. 나를 알아봐주는 사람이 없어도 괜찮다. 나만 나를 인정하면, 내가 나에게 든든한 아군이 되면 호락호락하지 않은 인생도 해 볼 만하다.

당신이 바라거나 믿는 바를 말할 때마다, 그것을 가장 먼저 듣는 사람은 당신이다.
당신이 가능하다고 믿는 것에 대한, 당신 자신과 다른 사람 모두를 향한 메시지.
스스로에 한계를 두지 마라.
- 오프라 윈프리

무엇보다, 스스로의 노고를 알아주고
인정해주자. 어떤 날은 자신에게
화가 나기도 하고, 쉬이 변하지 않는
현실에 눈물이 나기도 하겠지만.
그럼에도 모든 모습이 나다. 나를
알아봐주는 사람이 없어도 괜찮다.
나만 나를 인정하면, 내가 나에게
든든한 아군이 되면
호락호락하지 않은 인생도
해 볼 만하다.

8

언어의 한계는 내 세계의 한계

'말에는 힘이 있다.'는 말을 좋아한다. 그 말은 곧 '언어'에 힘이 있다는 소리다. 우리가 사용하는 언어는 주변의 상황과 일, 인간관계에 영향을 미친다. 그래서 언어는 나를 지키는 강력한 수단이다. 세상은 자주, 말이 안 되는 말들을 내어놓는다. 이토록 말이 안 되는 세상에서 나를 지키고 내 존재를 피력할 수단은 역설적으로 '언어'다.

회사 구내식당에서 점심을 먹다가 TV 채널 뉴스를 보고 깜짝 놀랐다. 알맹이 없이 공중으로 흩어지는 어이없는 표현에 밥맛이 뚝 떨어졌다. "○○ 문제 해결에 있어 ~~의 건설적 역할이 중요하며, ○○과 함께 전략적으로 소통해야 한다.”는 표현이다. 밥 먹다가 흘려들어서, 내가 온전한 이해를 못 한 것일 수도 있다. 그런데 이 표현 참 너무하다는 생각이 들었다.

건설적 역할은 대체 무엇이고 어떻게 하는 것이며 전략적 소통의 실행계획은 하나 밝혀진 것 없었다. 대체 뉴스의 주인공이었던 화자가 하고자 했던 말이 무슨 뜻이었을까. 누구 아는 분이 계시면 해석을 부탁드린다. 헛웃음이 나온다. 언젠가부터 나는 ‘입만 터는’ 사람들을 비판해왔다. 그때의 그 뉴스 그리고 이 표현을 사용한 사람은 내게 입 털기의 전형으로 오래 뇌리에 각인될 것이다.

불명확한 언어가 오가는 비건설적인 사회에서 우리는, 말과 글을 찰떡같이 사용해야 한다. 알맹이가 없는 언어를 기이하게 펼쳐 부끄러운 일을 생산치 말고, 또한 남들이 내 말을 해석하게 만드는 수고로움을 투척하지 말자. 그리고 제발, 뉴스에 나올 정도로 영향력이 있는 분들은 본인이 하고 싶은 말이 무엇인지 철저히 고뇌하는 습관을 들였으면 좋겠다. 부탁이다. 진짜.

불명확한 언어가 오가는
비건설적인 사회에서 우리는,
말과 글을 찰떡같이 사용해야 한다.
알맹이가 없는 언어를 기이하게 펼쳐
부끄러운 일을 생산치 말고, 또한
남들이 내 말을 해석하게 만드는
수고로움을 투척하지 말자.

9

딱 하루만큼의 시간

어느 해 봄의 기록

며칠 새 내게는 또 많은 일들이 있었다. 이마에 상처
가 났고, 회사에는 간담이 서늘해질 만한 사건이 있었고. 누가
그렇게 스트레스를 주는 것도 아닌데 내 몸은 왜 이렇게 항상
경직되어 있는지. 이래서 항상 어깨가 결리나 보다. 습관처럼
뒷목과 어깨를 주무르면서 출근길 아침 버스의 창밖 풍경을
바라보았다. 그러다가 감탄을 자아내는 풍경에 눈이 번쩍 떠
졌다. 분명히 토요일 산책길에 너희를 마주했었는데, 언제 이
렇게 달라졌지?

꽃망울이 하나둘 터지긴 했지만 아직 아기 꽃이었는데, 이제 모두 피어선 딱 월요일 아침처럼 반짝인다. 만 하루. 딱 하루만큼의 시간, 고작 그 정도의 시간이 지난 것뿐인데 색의 완연함이며 차창 너머로 스며드는 봄의 선명도는… 체감상 너무 큰 차이가 있었다. 버스를 타고 빠르게 그 풍경들을 지나치면서 꽃들 틈에서 내 마음도 피어나면 좋겠다고 생각했다.

이제는 빛의 움직임을 향해, 하늘을 향해 풍요로운 봄의 물줄기를 끝없이 뻗어 나가는 한 치의 아쉬움 없는 저들. 그 꽃처럼, 올 한 해 이렇게 몸은 골골하더라도(꽃잎처럼 약하더라도) 그 기운은 강렬하고 선명하기를. 매해 더 크고 깊게 기운을 발산하는 꽃처럼 나도 하루하루 더 피어나야겠다고 다짐해본다.

하루하루의 힘. 단 며칠 만개하기 위해 꽃이 차곡차곡 웅크리며 비축해두었을 잠재력과 그가 홀로 겨우내 인내했을 시간, 우리에게 쥐여 준 무한한 행복감 꼭 본받고 싶다. 오늘을 사는 우리 모두에게 하고 싶은 말. "잊지 마. 우리에게 무의미한 시간은 없었을 거야."

하루하루의 힘.
단 며칠 만개하기 위해 꽃이
차곡차곡 웅크리며 비축해두었을 잠재력과
그가 홀로 겨우내 인내했을 시간,
우리에게 쥐어 준 무한한 행복감
꼭 본받고 싶다.
오늘을 사는 우리 모두에게 하고 싶은 말.
"잊지 마. 우리에게
무의미한 시간은 없었을 거야."

10

하등 쓸데없는 잔소리

꼰대 소리 듣기 싫어서,
이것이 진정한 조언인지 잔소리인지
매 순간 구별해야 하는 사회.
다르면서 비슷한 용어는 마이크로매니징.

'나 때는 진짜 그랬어서' 얘기해준 것뿐인데
'라떼 시전'한다고 놀림받는 사회.
인턴이 임원들보다 더 똑똑할지 모르지만
성장하고 성공하기는 어려운 시대.

전 국민이 성장 욕구에 시달리며 혹시나 도태될까 봐

디지털 역량 기르기에 환장하는 시대.

그럼에도 남는 시간 모두 '갓생'을 살아야 한다며

스스로의 자유시간까지 자기계발에 매달리는 시대.

그런 세상에 살고 있다.

서로에게 직접적인 잔소리를 하지 않으려

입을 꾹 다물고 안간힘을 쓰지만

사회 전체가 광고판에 광고하듯

잔소리를 하고 있는 시대.

하등 쓸데없는 잔소리의 시대.

남들 다 한다고 따라 하지 마.

버리고 싶은 것 잘 버리고 남길 것만 남겨.

시대의 흐름에 응하되,

가치관에 맞지 않으면 패스해버려.

생각해보니, 이런 말도 다 잔소리다.

남들 다 한다고 따라 하지 마.
버리고 싶은 것 잘 버리고
남길 것만 남겨.
시대의 흐름에 응하되,
가치관에 맞지 않으면 패스해버려.

네가 진짜로 원하는 게 뭐야

살면서 이렇게까지 머릿속이 복잡하고 혼란했던 적이 없다. 한편 샘솟듯 떠오르는 내 안의 아이디어로 행복했다. 2021년 1월은, 내 인생에서 가장 두뇌 활동이 활발했던 한 달이다. 해 놓은 것들이 꽤 많은데, 뭘 했는지는 사실 모르겠다. 그래서 '거침없이' 지나갔다는 표현이 딱이다. 한 가지 영감이 떠오르면 그것이 꼬리를 물고 퍼져서 열 갈래가 되곤 했다. 그 안에서 내가 해야 할 것과 하고 싶은 것들이 나뉘고, 실행할 일들의 우선순위는 수차례 뒤바뀐다. 체계가 없다. 그만큼 하고 싶은 일들이 많았다. 내가 지금 해야 할 것은 이것이었으나 하고자 하는 것은 다른 경우가 많았다. 본캐 직장생활과 부캐

작가 생활 모두, 그땐 그랬다.

그래서 때로 지치고, 아니 이미 지쳐왔고 스스로 마음을 달래다 다치기도 했다. 그러다 보니 내게 부족한 것은 시간이라는 생각이 들었다. 나를 지치게 하는 것, 그리고 스스로를 다치게 하는 것들의 요소를 제거하고 시간적 여유를 찾으면 '내가 해야 할 일과 하고 싶은 일 사이'의 타협이 어느 정도 생길 것 같았다. 소모되는 일에 시간을 빼앗기지 말고 머리를 잘 써서 '내 시간'의 밀도를 높이면 좀 덜 지치고 심신의 여유를 찾게 되리라. 일단 시간을 아끼기 위한 작전을 짰다. 첫 번째는 회사 일, 두 번째는 집안일. 두 가지 영역에서 시간을 아끼기 위한 몇 가지 실행 가능 테스트를 해 봤다. 결과적으로 시간을 많이 아낄 수 있었다. 소개하자면 아래와 같다.

첫째, 회사 일에서 자동화가 가능한 부분을 찾아내 최대한 이를 실행하려고 해 보았다. 소속된 팀의 초창기에 비하면 현재는 회계 업무 일부가 자동화되어서 훨씬 수월해졌다. (기존에 들였던 시간의 30% 정도로 업무를 자동화할 수 있다는 것은, 매우 신나는 일이다. 한번 제대로 짜 놓은 자동화 파일은 보석과 같다.)

그 기억을 떠올리면서 다른 부분에도, 내가 힘들이지 않고 일할 수 있는 환경을 조성하려고 했다. 일단은 구글알리미를 통해 매일 검색하는 키워드를 G메일로 받아보았다. 그리고 노션(Notion)으로 내 업무를 정리하여 사내 임직원의 어떤 질문에도 신속하게 링크로 답할 수 있도록 준비했다. 또 매월 반복되는 업무 공유 사항이나 공지글은 사내 인트라넷 예약 메일을 걸어두었다. 또한 프로젝트 성격을 가지고 있는 자료나 애초에 여러 번 업데이트가 예상되는 파일은 아예 구글 드라이브 문서로 작성을 시작하여 링크를 공유하고 있다.

이렇게 하면 매일 반복적으로 뭔가를 검색하는 시간, 비슷비슷한 임직원들의 질문에 대답하고 파일을 찾아 보내주거나 민원에 응대하는 시간, 매월 비슷한 시기에 '공지 글'을 보내고 결과를 수합하기까지의 시간을 아낄 수 있다. 이런 자잘한 업무 시간을 따로 비축하는 것만으로 확실히 덜 지친다.

둘째, 집안일에 드는 시간을 아끼기 위해서도 몇 가지 노력을 해 봤다. 청소하기 쉬운 동선으로 가구 배치를 바꾸었고, 장 보러 마트를 가는 대신 집에서 새벽 배송으로 식자재를 받는다. 그리고 자주는 아니더라도 가끔씩 빨래 널고 갤 시간에 책 한 권을 더 읽자는 생각으로 런**고(앱에서 버튼 한 번이면 빨래를 알아서 가져가고 가져다주는 플랫폼)에 세탁을 맡긴다. 설거지는 미니 식기세척기가 해준 지 오래되었고, 이제는 에어프라이어마저 들여와 요리 혹은 조리에 사용하는 시간도 대폭 줄었다. 나는 집에서 글을 쓰거나 일을 하거나 고민을 하거나 책혹은 드라마를 보거나 그도 아니면 마케팅(한 권의 책을 낸 작가로 내 책을 책임지고 팔겠다는 관점의 출판계 마케팅 탐닉이기도 하고, 잘 나가는 상품에 대한 일반 소비자적 관점이기도, 최근 서포트하게 된 회사 업무의 유통 마케팅 관점으로도) 공부를 하기도 한다. 세상이 점점 편해지니, 집안일로 몸이 고될 일은 없다.

그렇다. 나는 시간을 아껴서, 업무 효율화를 위해 계속해서 노력 중이고, 두 번째 책인 『너의 사회생활이 힘들지 않았으면 좋겠어』를 완성하기 위해 고민 중이며, 하던 일들을 다 하면서 '하고 싶은 일'도 모두 하기 위해 고군분투 중이다. 시간을 아끼지 않았다면 이미 녹다운되었을 일. 그러나 시간을 아끼면 아낄수록 더욱 부족함을 느낀다. 왜 그럴까? 내게 시간이 부족하다는 것은 핑계에 불과했고, 근원적인 물음이 있었다.

그래, 관리해서 시간을 아낀 다음에는 뭘 할 건데?
그래서 일 잘하는 사람이 되면 그다음에 뭘 할 거야?
책을 더 많이 읽으면 뭘 더 할 수 있을까?
그러니까, 네가 진짜 하고 싶은 게 뭐야?

모르는 것이 너무 많다. 삶에 정답이 없다는 것은 당연한 이치겠지만, 내 인생인데도 모르는 것투성이다. 어디까지 와 있나, 또 어디로 가야 하나 고민이 많다. 돌이켜보면 올해만큼은 아니었지만 새해의 시작은 늘 벅찼다. 벅찬 기대치만큼 매년 조금씩이라도 성장해왔다. 아무리 시간을 아끼고 아껴도 시간은 흐른다. 그 시간의 흐름 속에서 나는 내가 다치지도 지치지도 않을 '의미'를 찾고 있었다.

내 시간을 아껴서 '타인에게 도움이 될 시간'을 가지는 것. 일을 잘하는 사람이 되어, 더 많은 사람이 효율적이고 감각적으로 일할 수 있는 환경을 조성하는 것. 책을 더 많이 읽고 글을 더 많이 써서, 사람들이 점차 자신의 목소리를 '글로 표현하고 책으로 이야기하도록' 돕는 것. 굳이 풀어 말하고자 한다면, 나는 이런 것들을 해 보고 싶다. 이를 위해 시간을 아끼고 거침없이 산다.

벌써 이 글의 초고를 썼던 2021년으로부터 2년의 시간이 지났다. 나는 지독한 길치라서, 아마 물어물어 빙빙 돌아갈 길(하고 싶은 일을 하러)을 가게 될 것이다. 하지만 시간이 아무리 빨리 흘러도 '일과 일상에 대해' 고민하는 많은 직장인들이, 마음속에 쌓아두었던 하고 싶었던 일들을 꺼내 잘 펼치기를. 옳은 방향을 향해 걸으며 즐거움에 거침이 없기를 기원한다.

한참을 걸어왔겠지만, 아직도 갈 길이 멀다네.
그러니 그대, 부디 지치지도 말고 다치지도 말고

품은 뜻을 향해 앞으로 걸어가시게나.

나아가는 길에 운명은 자네의 편이라네. 나도 늘 응
원하겠네.

- 좋아했던 드라마 〈철인왕후〉 종영을 기념하며 사극 대사
느낌으로 적어본, 응원 겸 덕담

그래, 관리해서 시간을 아낀
다음에는 뭘 할 건데?
그래서 일 잘하는 사람이 되면
그다음에 뭘 할 거야?
책을 더 많이 읽으면
뭘 더 할 수 있을까?
그러니까,
네가 진짜 하고 싶은 게 뭐야?

한참을 걸어왔겠지만,
아직도 갈 길이 멀다네.
그러니 그대, 부디 지치지도 말고
다치지도 말고
품은 뜻을 향해
앞으로 걸어가시게나.
나아가는 길에 운명은 자네의 편이라
네. 나도 늘 응원하겠네.
- 좋아했던 드라마 〈철인왕후〉
종영을 기념하며 사극 대사 느낌으로
적어본, 응원 겸 덕담

12

아는 척하는 것의 위험

사람들이 많이 하는 실수 중 하나가 모르는 것을 모른다고 하지 않는 것이다. 나도 직장생활 초기에는 이런 실수를 했다. 특히나 높은 위치의 상사가 업무와 관련해 물어보았을 때는 더 긴장하게 되고 그러면 아는 척해야 할 것 같은 기분에 사로잡힌다. 하지만 이런 쓸데없는 '척'은 누구에게도 이롭지 않다.

정보는 위로 올라간다. 대표이사는 말단 사원보다 훨씬 더 많은 정보를 가지고 있다. 하지만 모든 방면에, 모든 업무에 대해서 척척박사라면 이것은 비효율이다. 그리고 인간관계 사이에 축적된 디테일한 정보는 대표이사에게 흘러가지 않는다. 그래서 정보의 양은 비교적 동등하다. 누가 무엇을 아느냐의 차이다.

윗분들도 때로는 모든 일을 다 잘하고, 잘 아는 사람이 유능하다고 생각한다. 무언가 물었을 때 대답이 빨리 나오지 않으면 일을 제대로 하지 않는다고 생각할 수 있다. 그러나 무리한 임기응변이 불러올 위기 상황은 생각보다 끔찍하다. 잘못된 보고는 그동안 쌓아온 신임을 한순간에 물거품으로 만든다.

모든 일은 담당자가 있고 그는 그 일에 대하여 가장 잘 아는 사람이다. 그 사람이 대답할 일을 내가 뒤집어써서도 안 되고, 물음에 대답하지 못한다 하여도 죄가 아니다.

『중용』에 "군자는 처해 있는 자리에 따라 할 일을 행할 뿐 그 밖의 일은 욕심내지 않는다."고 했고 『서경』에는 "한 사람에게 완벽함을 요구하지 마라."고 적혀 있다.

아는 것은 안다고 하고, 모르는 것은 모른다고 말하자. 대답하지 못해도 된다. 모르는 일에 대해서는 아는 수준까지 말하고 다른 부분은 추후에 상세히 알아보고 '보고'하면 된다.

모르는 것은 죄가 아니다. 그러나 모르는 것을 아는 척하는 것은 명백한 죄다.

아는 것은 안다고 하고,
모르는 것은 모른다고 말하자.
대답하지 못해도 된다.
모르는 일에 대해서는 아는 수준까지
말하고 다른 부분은 추후에 상세히
알아보고 '보고'하면 된다.

13

태도는 모든 것을 결정한다

2020년 10월 한 연예인의 인성 논란이 벌어지며 세상이 시끌시끌했다. 논란은 계속해서 증폭됐고 소속사와 본인이 직접 사과했다고 하니, 당사자의 태도에 문제가 있었음은 분명해졌다. 나는 그 연예인에 대해서 아는 것이 없다. 그래서 단순히 사건만을 놓고 생각한다.

업계에서 인성이나 태도에 결함이 있는 사람들이 본인이 자초한 문제로 단기간에 일종의 몰락을 경험하는 이 현상을 그리 나쁘다고 느끼지 않는다. 아니 오히려 반갑다. 사람들은 어려서부터 권선징악 스토리에 학습되어 있기 때문이다.

나 또한 그렇고. 그래서 그리 시끄러웠나 보다. 터질 게 터졌다 하면서 말이다.

하도 논란이 되기에 해당 연예인의 몇몇 사진을 보게 되었다. 웃는 얼굴이 거의 없었다. 그래서 얼굴 너머의 표정이나 감정도 잘 보이지 않았다. 표정에 배어 나오는 마음 상태는 숨기기 어려운 법인데 사진에서 보이는 모습은 그야말로 인형 같았다. 생동감이 별로 느껴지지 않았다. 안타까웠다. 그리고 지금 이 논란의 시간들도 종국엔 오래도록 꼬리표처럼 따라붙을 텐데, 지금껏 평판이 누적되어 금번 사건으로 상처받은 사람이 녹취를 결심한 것처럼.

처음 이 사건을 접하고는 대체 평소에 어떠했기에 '한 명도 편들어주는 사람이 없나.' 하는 생각을 했다. 그래도 사건이 마무리될 시점에는 몇몇 가까운 스태프들이 "그 사람은 사실 따뜻한 사람"이라며 지원 사격을 해주어 다행이긴 하다.

회사에 후배 사원이 들어오면 기회가 될 때 가급적

이 얘기를 해주려고 한다. 얘기의 요지는 태도가 곧 회사 생활의 거의 모든 것이라는 말이지만, 풀어서 설명하자면 '인사만 잘해도 반은 먹고 들어간다.'는 것이다.

우리 회사는 정기 공채가 아닌 수시 채용이기에 누군가 입사를 하면 어느 팀의 어느 직원인지 다 알게 되어있다. 입사한 그 사람만 누가 누군지 모를 뿐이다. 그래서 보통은 '저 사람은 내가 누군지 모르겠지?' 생각하고 고개를 빳빳하게 들고 다니는데, 몇 번 그 광경을 목격한 나는 신입사원에게 미리 말을 해주자 판단했다.

보이는 모든 사람에게 무조건 인사를 하면 처음에는 서로 어색하기도 하고 민망한 부분도 있겠지만, 꼭 인사해야 할 누군가에게 인사하지 않아 차감된 마이너스 점수를 다시 되돌리는 엄청난 노력보다는 훨씬 덜 힘들 것이라고. 그대들의 초창기 태도가 모든 것을 결정한다고. 내가 이렇게 조언을 해주면 똑똑한 친구들은 바로 알아듣고, 그렇지 못한 친구들은 한 귀로 듣고 한 귀로 흘린다.

사람은 쉽게 바뀌지 않는다. 살아온 대로 살게 되어 있다. 기본 내실은 이미 어느 정도 정해져 있기 때문이다. 그걸 아무리 포장하고 순서를 바꿔 아닌 척해 보려고 해도 어쩔 수 없는 부분이 있다. 하지만 인생의 큰 굴곡을 겪으면 바뀌기도 한다. 나도, 인성 논란의 주인공인 연예인도, 연예인에게 상처받은 상대방도, 우리 회사에 입사한 신입사원들도 모두 하나같이 다 살던 대로 살아가겠지만 아주 조금씩은 바뀌며 살아갔으면. 나를 둘러싼 모든 것들에는 누군가의 수고스러움이 담겼다는 것을 인지하면서. 만물에 감사의 시각을 느낄 수 있었으면.

내가 어떤 한 사람을 너무 사랑하고 존경해서, 그 사람을 성공시키기는 대단히 어렵다. 하지만 내가 한 사람을 증오하고 미워하여 복수심에 '있는 힘껏 망하게' 하기는 쉽다. 기를 쓰고 망하게 할 방법은 얼마든지 많다. 그럼 이 망하게 하고 싶은 마음은 어디에서 오는가? 내 부모님을 죽인 원수한테만 드는 마음은 아닐 것이다. 무언가 마음에 안 들어서, 그 사소한 이유로 나쁜 마음이 들 수도 있다.

내 안의 이런 나쁜 마음도 잘 다스려야겠지만, 내가 다른 이들에게 한순간의 불온한 태도로 이런 마음을 품게 하진 않는지 살피고 또 겸손의 마음을 가다듬어야 한다. 태도는 나의 모든 것을 결정한다. 나를 무너뜨릴 수도, 나를 일으켜 세울 수도 있다.

태도는 나의 모든 것을 결정한다.
나를 무너뜨릴 수도,
나를 일으켜 세울 수도 있다.

14

마트보다 비싼 편의점으로 마음이 기운다

그 편의점에 귀신이 붙은 건 아니었다. 난데없이 무슨 귀신이냐고? 아마 누가 들으면 그 편의점에 나를 홀리는 귀신이 붙어, 마트보다 비싼 것을 뻔히 알면서도 편의점으로 향하는 줄 착각할 것이 자명하기 때문이다. 그 편의점에는 귀신이 없다. 잘생긴 아르바이트생도 없다. 대신에 무지 친절하고 정 많은 사장님 한 분이 계신다.

배가 고팠지만, 입으로 뭔가를 씹어 먹고 싶지는 않았다. 그럴 때는 녹차 아이스크림만 한 것이 없다. 나는 퇴근길 내내 아이스크림을 생각하다가 버스에서 내리자마자 편의점으로 발길을 재촉했다. 잠시 마트로 가서 살까도 생각했다. 대략 천오백 원 정도 편의점이 비쌀 것 같다는 계산을 하게 되었다. 하지만 이내 원래대로 편의점으로 갔다. 편의점 사장님 얼굴이 생각나서였다.

집 근처에는 규모가 꽤 큰 마트가 두 개나 있다. 가격도 싸고 적립도 차곡차곡 되어, 이사 온 지 얼마 안 되어선 그 마트들을 이용했다. 그런데 편의점의 존재를 알게 된 후로는 마트에 자주 가지 않는다. 장보기 물품의 대부분은 대기업의 'SS*배송'을 이용하기 때문에 주로 자잘하게 당장 필요한 것만을 마트 혹은 편의점에서 산다. 마트는 편의점보다 거리도 멀고, 그리고 결정적으로 편의점 사장님처럼 나를 알아봐 준다거나 나한테 살갑게 인사를 건네는 사람이 없다. 그래도 마트로 갔어야 했다고? 천오백 원이 차이 나니까? 겨우 그런 이유로 편의점에 간 것은 잘못된 판단이었다고? 물론 금액으로만 계산하면 그렇다. 그럼에도 그날 나는 편의점으로 갔다.

사장님은 기억도 못 하시겠지만, 처음 사장님을 뵐

때부터 마음에 빚이 있었다. 한밤중에 살 것이 있었고 마트는 문을 닫았고 편의점에 찾아가 계산을 하려는데 스마트폰 케이스 뒷면에 넣어놓았던 신용카드가 없는 것이다. 그때의 난감함이란, 다시 생각해도 아찔하다. 생전 쓸 일이 없을 거라 생각했던, 스마트폰의 결제 앱으로 시도해 봤지만 편의점 시스템과 호환되지 않는지 내가 못하는 것인지 결제가 되지 않았다. 그러자 사장님이 슬며시 웃으면서 "뭘 걱정하세요. 저한테 계좌로 보내시고 물건 가져가시면 되지요."라고 하셨다. 와! 정말 그런 방법이 있었구나. 나는 사장님께 감사 인사를 드리고 그 후로 종종 편의점에 들렀다. 주로 택배를 보낼 것이 있을 때 편의점을 찾았는데 제법 얼굴이 눈에 익어서인지 나를 늘 기억해주시고 "날이 쌀쌀하다."고 정감 어린 인사를 자주 해주셨다.

2020년, 코로나가 터지고서는 본가에 몇 번 마스크를 보냈다. 첫 책을 출간하고는 책을 사인해서 보내야 할 일들이 많아졌다. "또 마스크예요?"라고 저번에 내가 마스크 보냈던 것을 기억하는 사장님께 "아니요. 책이에요."라고 반복해서 말하게 되자 사장님은 "책을 자꾸 어디로 보내는 거예요?"라고 했고 나는 "제가 책을 출간했는데 나중에 한 권 드릴게요." 하고 수줍게 말했다. 그 후에 약속을 지켰고 비 오는 어느 날 또 방문하게 되었는데, 사장님이 이렇게 말씀하셨다. "책 잘 읽고 있어요. 오늘같이 비 오는 날에 읽기 참 좋아요." 그것도 진솔한 표정으로 웃으면서. '비 오는 날'이 어울린다고 표현하신 것을 보니 사장님이 책을 진짜 읽고 계시는구나 하는 생각이 들었다. 처음 빚졌던 마음을 조금 갚았단 생각이 들면서 사람이 사람을 대하는 진정한 접객이란 이런 것이 아닌가, 불현듯 『장사의 신』이라는 책이 떠올랐다.

> "에어컨이 시원한 건 당연한 일이지만, 엄마가 부쳐 주는 '부채 바람'에서는 시원함뿐만 아니라 행복을 함께 느끼잖아. 상대를 향한 마음, 그게 있다는 게 가장 큰 경쟁력이라고."

그러고 보니 내가 처음 이 동네로 이사를 왔을 때만 해도 사장님은 옆 단지 안쪽에서 작은 편의점을 운영하고 있었다. 그런데 지금은 대로변으로 옮겨 예전 편의점의 세 배에 가까운 크기의 사업장을 운영 중이다. 예전 작았던 편의점을 얼마 동안 운영했는지 모르겠으나 비교적 젊은 나이에 단기간 사업을 확장한 것을 보면 그는 진짜 숨겨진 접객의 신인지도 모르겠다. 사장님이 친절하니 편의점에 갈 때마다 뭐 하나라도 더 살 것이 없나 둘러보게 된다. 아마 나 같은 사람이 분명히 있을 것이다.

동생과 내가 중고등학교에 다닐 때 동네에 구멍가게가 있었다. 동생은 구멍가게 사장님을 좋아했다. 사장님은 말투가 굉장히 느릿하고 목소리 톤이 낮았는데 동생은 집에 오면 사장님 성대모사를 곧잘 했다. 동생은 집에 오는 길에 군것질거리를 사고 싶다면 동선이 꼬이더라도 꼭 그 가게에서만 사 왔다. 나도 그 가게를 좋아하긴 했지만 그곳만 이용하진 않았다. 구멍가게에선 팔지 않는 물건들이 많다. 어느 날 동생에게 넌지시 물어봤다. "왜 꼭 ○○슈퍼에서만 사는 거야?" 동생의 이유는 단순했다. "아저씨가 나 항상 기억하고 친절해서, 팔아줘야 돼."

어느 늦가을, 출근하면서 작은 택배를 보내려고 편의점에 들렀다. 내가 포대 자루 같은 큰 야상 입은 것을 본 사장님께서 "추위 많이 타시나 보다. 감기 조심하셔야겠다." 하고 따스한 말을 건넨다. 별거 아닌 것 같은데도, 얇게 저민 든든한 감자떡같이 내 마음에 들어와서 쌓인다. 상대를 편안하게 해 주어 마음이 기울어지게 되는 따뜻한 사람들이 있다. 그런 사람들에게는 정말, 사람들이 귀신같이 달라붙는다. 떡 사이에 꿀을 발라 놓은 것처럼 쫀득쫀득 마구 달라붙게 된다.

마트보다 비싼 편의점으로 자꾸 향하게 되는 것은, 그러니까 철저하게 내 마음이다. 예전 내 동생의 그 마음처럼 가고 싶으니까, 사고 싶으니까, 팔아주고 싶으니까. 천오백 원 이상 비싸더라도 사람의 정과 따뜻함을 느끼고 싶으니까. 두껍고 큰 야상을 걸치는 것으로도 회복하지 못했던 온기가 그날 편의점 방문 후 이 글을 쓰고 다듬으며 조금은 훈훈하게 회복된다.

어느 늦가을, 출근하면서 작은 택배를
보내려고 편의점에 들렀다.
내가 포대 자루 같은 큰 야상 입은 것을
본 사장님께서 "추위 많이 타시나 보다.
감기 조심하셔야겠다." 하고
따스한 말을 건넨다.
별거 아닌 것 같은데도,
얇게 저민 든든한 감자떡같이
내 마음에 들어와서 쌓인다.

15

그는 떠나고 나는 남았다

그는 회사를 떠났고, 나는 남았다. 그는, 내가 사회생활을 시작하고 나서 알게 된 사람들 중 '오빠'라고 부르는 거의 유일한 사람. 그는 정말 어른스럽다. 그리고 대단한 순애보의 주인공이다. 오랜 시간 알았지만 그의 퇴사 이후 코로나 여파로 만나지 못했다가 2022년을 마무리하며 오래간만에 만났다. 나만 나이를 먹은 것 같다.

2012년 3월, 우리는 신입사원 연수에서 처음 만났다. 그해 봄은 진실로 푸르러 온통 희망적이었다. 그래서인지 모두의 미래가 파릇파릇하게 느껴졌다. 우리 입사 동기들은 다들 어디서 뭘 하고 살고 있으려나? 이제는 기억조차 희미해진 이름들을 이야기하면서, 인간은 망각의 동물이란 사실을 다시 깨달았다. 지금은 남아있는 동기들이 거의 없다. 그리고 그 와중에 나는 2022년 만 10년 이상 근무한(비정규직 기간을 합산하면 조금 늘어난다.) 장기근속자가 됐다. 10년 세월이 허무할 만큼 순식간이다.

그날 그와 나는 개인사보다 회사 이야기를 훨씬 더 많이 했다. 둘 다 참 애사심이 남다른 사람들이었다. 그런데 지금도 그대로다. 그는 "내가 떠나왔지만, 회사가 진심으로 잘 됐으면 좋겠다."고 말했다.

그에게 약속했다. 다음번에 다시 회사 근처에 오게 되면, 더욱 좋은 소식을 들려주겠다고. 그게 내 마음처럼 될지는 모르겠으나, 쉬운 일은 더더욱 아닐 것이다. 다시 웃으면서, "우리 회사 이번에 진짜 좋은 일 있어!" 하고 이야기할 그날을 기다리며, 이곳에 남은 나를 더욱 보듬는다.

3부

일터로
소풍 가듯
향할 수 있다면

한 알의 모래 속에서 세계를 보고
한 송이 들꽃에서 천국을 보라.
손바닥 안에 무한을 거머쥐고
찰나 속에서 영원을 보라.

- 윌리엄 블레이크, 「순수의 전조」

1

나의 하찮은 초능력

　　나에게는 특별한 능력이 있다. 이게 초능력이라면 참 좋겠지만 애석하게도 그 정도의 능력은 아니다. 하지만 듣는 사람에 따라서는 초능력으로 생각할 수도 있는 '능력'이다. 나는 소리에 민감한 편인데, 그래서인지 반복적으로 소리를 들으면 저절로 학습이 된다. 그리하여 가지게 된 능력이 사람의 발소리를 외우게 되는 이상한 능력이다. 이게 무슨 능력이냐고 말할 수도 있겠지만, 이 사소한 능력으로 회사에서 재미있는 일들이 가끔 벌어진다.

　　탕비실에서 뒤를 돌아보지 않고도 사람이 걸어오는

소리만으로 누군지 맞춘다거나 여자 화장실 칸 안에 앉아있으면서 세면대에서 손 씻는 사람이 누군지 맞추는 정도의 재미랄까.

사람마다 바닥을 내디딜 때 내는 소리가 다르다. 비슷한 사람들도 있지만 유심히 들어보면 미세하게 조금씩 다르기 마련이다. 이는 걸음걸이의 속도와 신발의 소재, 발이 바닥에 닿을 때 신발을 끄는 정도에 따라서 소리가 달라지는 것이라고 봐야 한다. 다만 커다란 대전제가 있으니, 신고 다니는 신발이 자주 바뀌면 안 된다는 것이다. 그러면 구별하기 어렵다.

웃긴 것은 낯선 발소리를 들었을 때의 내 상태다. 누구의 발소리인지 확인하기 위해 기어코 목을 돌려 얼굴을 본다. 낯선 자를 경계하는 치와와나 미어캣 같다. 그리고 한동안 익숙했으나 오랫동안 듣지 못했던 발소리를 들었을 때도 마찬가지다. '어! 이 소리 그분인데?' 하고 확인을 한다. 실제로 그랬다. 본사에 함께 있다가 계열사로 법인 이동했던 상사가 있었는데 아주 오래간만에 그분 발소리를 듣고 일하다가 깜짝 놀랐던 경험이 있다. 소리에 의한 반복 학습의 결과가 이렇게나 무섭고 신기하다.

관찰하다 보면 또 다른 재미도 있다. 걷는 소리를 들어보면 성격이 나온다. 늘 빠르게 걷는데, 성격이 느긋한 사람은 없다. 조선시대 한량처럼 세월아 네월아 걷는데 업무 속도가 빠른 사람도 절대로 없다. 그리고 걸을 때 소리가 크면 클수록 타인에 대한 배려심은 좀 부족한 편이고 과시욕이 크다고 봐야 한다. 소리가 작으면 작을수록 예민하고 배려심이 높으며 조금은 소심할 수 있다. 걸어 다니며 내는 소리 또한 습관이며, 본인도 어느 정도 인지 가능한, 살면서 쌓아온 본모습이기 때문이다.

그러고 보면 발이라는 신체 부위가 참 솔직하다. 몇 해 전 소개팅을 했다. 약 한 시간가량 대화를 나누다가 나는 상대방과 다시 못 보게 될 것을 본능적으로 알아차렸다. 발이, 내 발이 자꾸 그 사람과 먼 쪽으로 향했기 때문이다. 출입문 쪽으로 몸이 틀어지면서 자꾸 가방을 만지게 되었다. 대화가 불편하다거나 지극히 마음에 안 드는 점이 있는 것도 아니었는데, 발이 자꾸 밖으로 나가려고 하는 것을 보니 아니다 싶은 느낌이 들었다. 마지막 인사를 하고 지하철역 앞에서 헤어질 때도 내 발의 방향은 집에 가기 편한 쪽이었지 그 사람을 배웅하기 좋은 방향이 아니었다.

발의 방향은 숨기기 어렵다. 발끝은 호감 가는 사람을 보고 있으며, 편하고 즐거운 쪽으로 움직인다.

발 관리를 잘하면 오장육부가 건강하다는 말이 있다. 어려서는 저렴하고 예쁜 구두를 찾고, 시간이 지날수록 디자인보다는 좀 투박해도 편한 신발을 찾는 내 모습만 보아도 맞는 말이다.

종종거리면서 종일 이것저것 많은 일들을 해내는 내 발이 좋다. 그리고 사람들의 발소리를 외우고 신경 쓰는 내가 좋다. 나의 곁에서 각기 다른 소리를 내주는 소중한 타인들의 발소리가 들린다. 각자의 삶을 위해 뛰고 걸으며 소리를 내는 우리들의 발이 때론 안쓰럽지만 그 삶의 무게만큼 꽉 실린 체중만큼 참 좋다.

사람에게는 각양각색의 발소리만큼 다양하게 눈부신 매력이 있다. 내가 그걸 일일이 외워주진 못하겠지만 각자가 스스로 잊지 않았으면 좋겠다. 자신의 가장 솔직한 신체 부위인 발이, 걸을 때마다 세상을 향해 내딛는 소리가 얼마나 매력적이고 자기다운지. 당신의 발은 지금 어디로 향하고 있는가? 가장 당신답게 탐구하여 한 번뿐인 인생 재미있게 전진할 준비가 되었는지? 자신만의 발소리를 내면서 다들 매력적으로 살았으면 좋겠다. 능력 같지도 않은 이상한 능력으로 가끔 미소 짓고 사는 사람의 작은 바람이다.

발의 방향은 숨기기 어렵다.
발끝은 호감 가는 사람을
보고 있으며,
편하고 즐거운 쪽으로 움직인다.

당신의 발은 지금 어디로 향하고 있는가? 가장 당신답게 탐구하여 한 번뿐인 인생 재미있게 전진할 준비가 되었는지? 자신만의 발소리를 내면서 다들 매력적으로 살았으면 좋겠다.

몸보신보다 중요한 마음 보신

초복, 중복, 말복이 되면 어김없이 엄마께 문자가 온다. 복날인데 닭은 먹었는지, 못 먹을 것 같으면 늦게라도 집에 오라고 말이다. 어른들에게 여름 몸보신은 빠뜨리면 안 될 중한 연례행사인가 보다. 사시사철 닭을 너무 많이 섭취하고 있어 미안할 지경인데 때맞춰 또 몸보신용 닭을 먹으라 하시니 참. 그 수많은 닭은 다 어디서 오는 것일까. 복날 하루 단 한 명의 사람을 보신해 주라고 잉태된 생명이라니, 맛이나 영양과 별개로 미안스럽다.

복날 몸보신에 그리 큰 신경을 쓰고 있다고 말하진

못하지만 그래도 최근 들어 영양제는 잘 챙기고 있다. 삼십 대 중반이 되면서 피부며 체력이며 몸의 모든 컨디션이 예전과 다르다는 것을 자각하는 중이라 빠뜨리지 않고 섬세하게 챙겨 먹으려고 한다. 특히 콜라겐 섭취는 매일 빠뜨리지 않는다. 조금이라도 노화를 늦추려는 발악인 셈이다.

그리고 또 다른 발악의 한 방편은 기름칠이다. 엄마도 내 나이까지는 관리를 잘해 주름이 없었다고 한다. 나는 이십 대 후반부터 크림이나 오일을 얼굴과 목에 많이 발라 주름 녀석들이 터를 잡도록 놔두지 않았다. 아직은 그럭저럭 기름칠의 효과를 보고 있어 만족스럽다. 앞으로도 계속해나갈 예정이다. 김희애 언니가 놓치지 않는 한, 나 또한 놓치지 않으리라.

한데 문득 이런 생각이 든다. 몸에는 이렇게 기름칠을 잔뜩 하면서 마음 기름칠은? 몸에는 여름철 세 번을 나누어 몸보신을 해주면서 마음 보신은? 우리는 정작 내 마음을 위해서 무엇을 하면서 살아가고 있나. 무엇을 챙겨주고 있나. 몸을 위한 영양제는 한 주먹씩 챙겨 먹고 뭐가 좋은지 정보를 공유하면서, 마음을 위해서는 노력하는 바가 없다. 눈에 보이지 않아서 그런 걸까?

애써 노력했던 일이 무산되거나 허사가 되고, 나의 노력과 쏟아부은 시간이 부정당하면 마음은 큰 타격을 입는다. 당장에 이를 다스리지 않고 넘어가도 아무 일 없다고 느껴질 수도 있다. 또, 모든 것은 시간이 해결해준다는 말이 진리처럼 느껴질 수도 있을 법하다. 하지만 이런 문제들이 한참 뒤에 나도 모르게 불쑥 튀어나와 내 커리어에 방해가 될 수 있다. 마음을 잘 풀어주지 않으면 가끔 뒤늦게 고생한다. 마음 기름칠은, 마음 보신은 제때 해주어야 한다. 그리고 자주 해주어야 한다.

환절기라 그런지, 피곤해서인지 며칠 내리 초저녁에 곯아떨어지고 있다. 나에게는 마음 기름칠 행위 중 하나가 모든 것을 다 잊고, 아주 긴 시간 잠을 자는 것이다. 최근 몇 주간 해결해야 할 일들이 너무 많았는지도 모르겠다. 혼자의 시간이 많았음에도, '내 마음'에게 내어 줄 시간은 부족했는지도 모른다. 그래서 저녁 무렵 술 한잔하자는 지인의 요청도 거부하고 집에 와 열두 시간을 내리 잤다. 그렇게 아침 일곱 시에 깔끔하게 눈이 떠지고! 이제야 살 것 같다.

밤새 매끈한 기름칠로 마음을 보듬고, 새롭게 마주한 낯익은 내 얼굴에 세수를 시켜주면서 허옇게 떨어져 나가는 그것들을 바라보았다. 마음속의 허기와 조바심과 헛된 욕심과 진정성 없었던 태도와 풀잎보다도 작았지만 쓰라려 몇날 며칠을 따가워해야 했던 비수의 말들. 지난밤에 떨쳐내고, 오늘 아침에 흘려보냈구나. 비로소 나는 홀가분해졌다.

뽀송하고 개운하게 씻고 아침을 차려 먹으려고 냉장고 문을 열었더니 떡볶이 재료가 눈에 보인다. '아침부터 떡볶이는 좀 그런가?' 생각하다가, 그냥 먹기로 한다. 그러다 불현듯 생각났다. 지난 중복에 닭 대신 떡볶이를 먹었던 기억이. '그때 내가 제대로 안 챙겨 요즘 이렇게 피곤한 걸까? 아유 모르겠다!' 결론은 몸보신도 마음 보신도 잊지 말고 제때에!

몸에는 이렇게 기름칠을 잔뜩 하면서
마음 기름칠은? 몸에는 여름철
세 번을 나누어 몸보신을 해주면서
마음 보신은? 우리는 정작 내 마음을
위해서 무엇을 하면서 살아가고
있나. 무엇을 챙겨주고 있나. 몸을
위한 영양제는 한 주먹씩 챙겨 먹고
뭐가 좋은지 정보를 공유하면서,
마음을 위해서는 노력하는 바가
없다. 눈에 보이지 않아서 그런 걸까?

3

소풍 가듯 일할 수 있다면

소풍 가는 날 아침처럼 기분 좋게

월요일 출근길 문을 열 수 있기를

소풍 가방에 사탕과 과자가 담긴 것처럼

일터에도 달콤 짭짤한 기쁨이 가득 담겨 있기를

승자 패자 가리지 않는 돗자리 위의 작은 그늘처럼

일의 희열과 자유로움이 모두에게 영감을 주기를

사람들이 소풍 가듯 일할 수 있다면 좋겠다.

전쟁터가 아니라 소풍이기를….

사람들이 소풍 가듯
일할 수 있다면 좋겠다.
전쟁터가 아니라 소풍이기를….

4

행동이 영감을 낳는다

　　언젠가부터 좋아하는 작가님의 글이 살아있다고 느껴지지 않았다. 공감 가는 문장이 현저히 줄어들었다. 그분이 낸 책은 다 읽었는데, 시간이 지날수록 조금 실망스럽다. 최근의 작품은 자기 복제를 거듭하고 있는 느낌마저 있었다. 이런 의견을 친구와 주고받은 적이 있었는데, 친구 J가 이렇게 말했다.

　　"나도 그 작가님 글 봤는데, 비슷한 느낌을 받았어. 글은 사람들과 부대끼면서 인간관계 속에 살아 있어야 하는데, 그런 사례가 하나도 없더라고. 안타까운 마음이 들어. 작가는 세상과 호흡해야 돼. 너도 독방에서 쓴 것 같은 느낌의 글이 아니라, 살아 있는 글을 써줘. 독자는 효용성이 느껴져야만 텍스트를 소비해. 그리고 독자에게 소비되어야 가치 있는 글로 남지."

이미 이 책의 원고를 작성하던 시기라, 친구의 말은 뼈 때리는 조언으로 가슴속에 콕 박혀버렸다. 그리고 이런 생각이 들었다. 나를 진정으로 아끼는 사람이라 할 수 있는 조언이었다고.

한 명의 존엄한 인간으로서 AI와 싸워야 하는 시대. 아니, 앞으로의 시대는 AI에게 필수적인 도움을 제공받고 이 존재로 가치를 재창출해야 하는 시대다. 이 시대에 내가 작가로, 직장인으로 가치를 남기려면 무엇보다 살아 있어야 한다. 살아 있다는 건 AI는 절대로 경험할 수 없는 나만의 무엇을 남겨야 한다는 것. 독방에 갇히지 않고 밖으로 나아가 나만의 문체와 시각으로 할 수 있는 이야기들을 세상 속으로 끝없이 던져야 한다. 결국, 행동하는 지성과 감성이 세상을 조금씩 내

편으로 사로잡는다.

언제나 행동이 영감을 낳는다.

영감이 행동을 낳는 일은 드물다.

- 프랭크 티볼트

한 명의 존엄한 인간으로서 AI와 싸워야 하는 시대. 아니, 앞으로의 시대는 AI에게 필수적인 도움을 제공 받고 이 존재로 가치를 재창출해야 하는 시대다. 이 시대에 내가 작가로, 직장인으로 가치를 남기려면 무엇보다 살아 있어야 한다. 살아 있다는 건 AI는 절대로 경험할 수 없는 나만의 무엇을 남겨야 한다는 것.

5

언제 오시나요, 그분이여

글을 쓰는 이들의 크나큰 착각
'그분'이 오셔야 글을 쭉쭉 써 내려갈 수 있다는.
작가들은 그분을 주야장천 기다린다.
그러나 그분은 오지 않는다.

가끔 그분은 '불행'이라는 이름을 달고
'글감'이라는 선물을 선사하며 내게로 온다.
그리 오래 기다렸는데, 주신 선물이
눈물을 휘감은 불행이라니.
글이 저절로 써지는 마법을 부려주셨는데,

그 근원이 불행이라는 태풍의 씨앗이라니

이건 진정 선물이 맞는지요? 되묻고 싶다.

그래도 한 번씩 생에 찾아와주서서

그동안의 일상에 감사하도록 만들어주시니

그분의 등장은 늘 오묘하다.

언제 오시나요? 그분이여.

또 제 삶을 얼마나 흔들어 놓아

어떤 글을 만들어 내실 건가요.

이번에는 반성과 통찰을 빚듯이 적어봅니다.

부디 다음번에는 조금 덜 힘들게 찾아오십시오.

활짝 핀 꽃 앞에 남은 운명이 시드는 것밖엔 없다 한들

그렇다고 피어나길 주저하겠는가.

- 이석원,『보통의 존재』중에서

활짝 핀 꽃 앞에 남은 운명이
시드는 것밖엔 없다 한들
그렇다고 피어나길 주저하겠는가.
- 이석원,『보통의 존재』중에서

6

직장인의 의무와 문학자의 의무는 닮았다

타인이 그저 스치고 지나가는 사소한 풍경이나, 흔하게 장식된 오브제가 내 눈에 예뻐 보일 때. 그 순간이 그렇게 기분 좋을 일인가 싶으면서도, '행복이란 역시 사소한 것에서 오는 군.' 하고 생각한다. 남들에겐 아무것도 아닐지라도. 시시하고 중요치 않은 모습이라도. 내 눈에 포착되어 의미가 생기는 그때. 인생이 풍요로워지는 경험이 누적된다.

김수영 시인은 『시여 침을 뱉어라』에서 이렇게 말했다.

"현대에 있어서 문학은 모험의 발견으로서 자기 형성

의 차원에서 그의 새로움을 제시하는 것이 문학자의 의무로 되어 있다."

어려운 문장이지만 굳이 해석을 붙이자면 이렇다. 글 쓰는 사람이라면 마치 모험하듯 늘 새로움을 발견하고 이를 의무로 여기라는 뜻이다.

나도 매일 모험을 한다. 다니는 곳은 회사와 집이 전부지만 매일 보고, 만지고, 스치는 모든 대상에게서 모험심을 덮어쓴다. 그러니까 직장인과 문학자의 '모험' 의무는 닮아 있다.

어제 무의미했고 시시했던 어떤 것들이 오늘 예쁘고 특별해질 때 그 순간은 형언할 수 없이 기쁘다. 어쩌면 문학자의 의무를 행하고 있는 뿌듯함이 피어난다고 해야 하나.

신해철의 '그대에게'라는 노래를 좋아한다. 전주에서 시작되는 벅차오름이 나를 기쁘게 하고 과감하게 만든다. 새로움을 발견하는 순간, 취향이 공고해지는 순간, 가끔 머릿속에서 저절로 '그대에게'가 재생된다.

익숙한 무리 속에서 특별한 어떤 것을 발견하고, 이름을 찾고, 거기서 생겨난 대상을 기록하는 것. 김수영 시인이 말하는 문학자의 의무를 다하기 위해 나는 적는다. 직장인 모드로 전환됐을 때는 이를 '보고서'나 '품의서'라는 이름으로 적고 살핀다. 기분 좋은 모험심을 가지고.

삶은 징그럽게 성실하다

정말 안타깝고 아쉽게도 반집으로 바둑을 지게 되면, 이 많은 수들이 다 뭐였나 싶다. 작은 사활 다툼에서 이겨봤자, 기어이 패싸움을 이겨봤자, 결국 지게 된다면 그게 다 무슨 소용인가 싶었다. 하지만 반집으로라도 이겨보면 다른 세상이 보인다. 이 반집의 승부가 가능하게 상대의 집에 대항해 살아준 돌들이 고맙고, 조금씩이라도 삭감해 들어간 한 수 한 수가 귀하기만 하다. 순간순간의 성실한 최선이 반집의 승리를 가능케 하는 것이다. 순간을 놓친다는 건 전체를 잃고 패배하는 걸 의미한다.

- 드라마 〈미생〉 중에서

학생일 때 체력장에서 내가 잘하는 건 '오래 매달리기', 내가 못하는 건 '100미터 빨리 달리기'였다. 다행이다. 잘하는 것과 못하는 게 그 반대였다면 지금처럼 활기차게 살지 못했을 거다. 성실하게 잘 버티는 나에게 고맙다.

2019년에 방영된 드라마 중에, 가장 몰입해서 본 드라마는 〈검색어를 입력하세요 WWW〉였다. 드라마는 매회 '사회생활의 고뇌'를 보여주면서 '좋은 어른이란 무엇인가?', '일과 나 사이에서 밸런스를 맞춘다는 것은 얼마나 어려운가'를 설명했다. 거기에 곁들여진 동료애, 사랑, 포털사이트의 윤리의식, 정경유착의 문제 등도 상당히 공감됐다. 그중에서 가장 공감했던 대사는 12회에 나온다.

장면의 상황을 잠시 설명하자면 차현(이다희 분)은 오랜 시간 담당했던 서비스(포털사이트에서 제공한 싸이월드 같은 커뮤니티 서비스)의 종료를 앞두고 복잡한 심경으로 만취 상태까지 술을 마시고 동료인 배타미(임수정 분)에게 술주정을 부린다. (극 중 차현과 배타미는 둘 다 '포털사이트'의 본부장 역할이다.)

차현: 너~ 무 힘들었다가 성취감에 짜릿했다가. 그러다 또 실패하고 좌절하고 죽겠다, 한숨 쉬고, 또 그러다 웃긴 거 보면 웃고, 밥 먹으면 맛있고, 좋아하는 사람 보면 좋고… 이런 게 다 삶이겠지? 그런데 이 모든 게 너무 고단해요. 이 모든 게 힘에 부쳐.

배타미: 그럼에도 삶은 계속되잖아.

차현: 맞아. 삶은 징그럽게 성실하고, 게으른 난 뭘 어떻게 할 수가 없죠.

명대사다. 삶은 계속되고, 삶은 징그럽게 성실하다.
퍼스널 브랜딩의 시대.
사람들은 자신을 증명하기 위해 살아간다.
그러나 성실하게, 오래도록 버텨내지 못한다면
내가 보여주고 싶은 '나'를
내세울 기회가 없을 것이다.
고단하고 힘에 부칠지라도,
징그러운 삶 앞에 성실하게 맞서 싸우자.
순간을 놓치지 말자.

삶도 징글징글하게 성실하지만,

나도 그에 못지않으니까.

삶은 계속되고,
삶은 징그럽게 성실하다.
퍼스널 브랜딩의 시대. 사람들은
자신을 증명하기 위해 살아간다.
그러나 성실하게,
오래도록 버텨내지 못한다면
내가 보여주고 싶은 '나'를 내세울
기회가 없을 것이다.

8

좋은 날 보내라는 인사가 슬퍼지는, 파안미소

'오미크론'이라는 변주된 이름으로 코로나-19 여파가 전국을 휩쓸었던 2022년 4월의 어느 오전. 반차를 내고 병원에 다녀왔다. 그 봄, 나는 길고 길었던 투병을 마무리 지었다. 결과적으로 코로나에 걸린 건 아니었지만 그보다 훨씬 오래, 더욱 혹독하게 건강의 이상을 겪었다. 적어도 병원의 진단으로는 그날 이후 '건강 정상' 판정을 받았으니 참 다행이었다.

가뿐하고 개운한 마음으로 회사 가기 전에 집에 들렀다. 엘리베이터를 막 탔는데, 걸음이 꽤 불편해 보이는 할머니와 그분의 딸로 추정되는 중년 부인이 천천히 걸어오고 있었다. 내가 엘리베이터를 붙잡고 있으니, 두 분이 동시에 "먼저 올라가세요."라고 외친다. 배려가 태도로 생활화되어 있는 사람들에게는 지위나 외모 관계없이 빛이 난다. 아름답다.

"괜찮아요. 천천히 타세요."

애초부터 기다릴 생각이었으니, 엘리베이터 안에서 그 두 분을 기다렸다. 종종걸음으로 모녀가 안쪽에 모두 서고, 승강기가 움직이기 시작했다. 나보다 아래층에 살거나 방문하신 모양이다. "할머니가 ○층 갈 수 있을까요?" 하고 말씀하셨다. 나는 짧게 "네."라고 대답했고, 우리는 금방 ○층에 도달했다.

두 분은 다시 천천히 걸음을 옮긴다. 할머니는 엘리베이터에서 내리기 직전 내 얼굴을 또렷이 보며 파안미소破顔微笑를 지어주셨다. 그러고는 마치 자글자글하지만 부드러워 보이는 당신의 얼굴 결 주름같이 너울진 목소리로 말씀하셨다. "좋은 날 되세요!"

그런데… 모르겠다. 이유는 진짜 모르겠다. 환한 웃음 뒤 그 목소리가 넘실거리다 엘리베이터 문이 닫히자마자 나를 덮쳤다. 눈물이 왈칵했지만 어금니를 꼭꼭 깨물어 참다가 출근했다. 할머니 미소의 잔상이 아직도 너울져 떠오른다.

보고 싶은 사람이 하늘나라에 가면, 이따금 계기가 생겨 생각날 때마다 우는 것 말고는 할 수 있는 게 아무것도 없다. 게실 때 잘하자. 인생 시계는 엘리베이터보다 훨씬 더 빠르니까.

우리 할머니, 잘 지내시나요? 그때 그 할머니가, 할머니랑 하나도 닮지 않았는데 목소리도 완전히 달랐는데. 나는 오래간만에 할머니 생각을 했어요. 내가 김치를 안 좋아하지만, 할머니가 해준 완전 달달한 무김치 먹고 싶다. 하늘에서 할아버지랑 오붓하게 "좋은 날 보내세요!"

보고 싶은 사람이 하늘나라에 가면,
이따금 계기가 생겨 생각날 때마다
우는 것 말고는 할 수 있는 게
아무것도 없다. 계실 때 잘하자.
인생 시계는 엘리베이터보다 훨씬
더 빠르니까.

9

당신의 인생을 망칠 한마디

살다 보면, 세상 밖으로 사라지고 싶을 만큼 만사가 귀찮을 때가 있다. 밥 먹을 힘도 없고, 옷 입기도 버겁다. 잠을 자도 잔 것 같지 않고 피곤하며, 몸이 무거워 한 걸음도 내딛기 어려운 때가 있다. 그럴 때면 이 모든 상황과 감정을 싸잡아 '귀찮다'는 말로 나 자신을 고립시킨다. 누구에게나 그런 순간이 이따금 찾아온다.

그럼에도 '귀찮다'는 말을 되도록 경계하며 살아가려고 노력한다. 이 말을 많이 하면 할수록 인생이 형편없이 망가지는 경험을 하게 될 수밖에 없으니까.

귀찮다는 말의 어원은 '귀치않다'에서 비롯됐다. 그러니까 귀하지 않고, 성가시고, 하찮다는 뜻이다. 보통은 귀찮다는 말을, 하기 싫은 것 혹은 피하고 싶은 일을 미룰 때 사용하곤 한다. 그럼 그 시간을 결국, 아무 쓸모없이 버리게 된다.

결론적으로 귀찮다는 표현을 자주 하는 사람은 역설적으로 '내 시간이 중요하지 않다.'고 말하는 것과 다름없으며 인생을 낭비하고 있다고 해석 가능하다. 귀하지 않아서 뭔가를 안 하고 미룬다는 의미가 되니까.

내가 귀찮다는 이야기를 아예 안 하는 것은 절대 아니다. 집에 편하게 누워있을 때 귀찮다는 이야기를 꽤 한다. 그러니까 내 경우에는 되도록 미뤄도 되는 것들만 미룬다. 귀찮음의 고립에 빠지지 않을 정도만.

그러니 이 글을 읽는 그대여,
"아고 귀찮아." 하지 말고,
"귀찮아도 해!" 아주 조금이라도

그대도, 그대의 시간도 귀하디귀하니까.

우리를 조금 크게 만드는 데 걸리는 시간은 단 하루
면 충분하다.

- 파울 클레

귀찮다는 말의 어원은 '귀치않다'에서 비롯됐다. 그러니까 귀하지 않고, 성가시고, 하찮다는 뜻이다. 보통은 귀찮다는 말을, 하기 싫은 것 혹은 피하고 싶은 일을 미룰 때 사용하곤 한다. 그럼 그 시간을 결국, 아무 쓸모없이 버리게 된다.

10

나는 세상의 모든 결핍을 찬양해

"이야~ 니 참 말랑말랑하게 잘 썼더라."

첫 책 『가장 빛나는 순간은 아직 오지 않았다』를 내고, 우리 회사 계열사 사장님 중 한 분을 찾아뵈었다. 사장님은 이미 여러 권의 책을 낸, 작가 선배님이었다. 그런 사장님의 칭찬이 구름 위를 밟는 듯 기분 좋았음은 물론이다.

"그 말랑한 감성은 아무나 가질 수가 없는 거야. 그러니까 그걸 물려주고 키워주신 부모님께 감사해라. 나는 기자 출신이라 글이 좀 드라이해."

그 말씀을 듣자마자 찌릿하고 가슴이 아렸다. 내 감성은 온전히 내가 창출해 낸 결과물이라고 생각했는데, 아니었구나, 부모님이 만들어주셨구나, 바로 깨달았다. 그리고 글로 표현해 낸 나의 감성이 '나다움'을 만들어 낸다는 것도.

잘 울고 타인에게 감정이입을 잘하는 모습을 부끄럽게 여기거나 단점이라 생각했던 적도 있었는데, 감사해야 할 강점이라니. 결핍이 칭찬이 되다니. 그게 부모님의 자랑이 되다니.

타고나길 의미에 연연하고 감성에 죽고 사는 나 같은 사람이, 직장이라는 조직 안에서 사회성을 갖추기까지 얼마나 어려움이 많았겠나. 결핍을 노력으로 가공하다 보면 반드시 얻어지는 게 있다. 결핍은 이겨내고 극복해야 하는 대상이 아님을 말하고 싶다.

눈물을 동반한 시련, 삶의 낭떠러지에서 다시 기어올랐던 의지, 습기가 새겨진 나라는 사람을 설명하는, 내가 찬양하는 그 보물덩어리의 이름은 '결핍'이었다. 내가 숨겼던 그 친구는 '말랑말랑'하다고들 그러는데, 여러분들의 '그 친구'는 어떤 의성어나 의태어를 가지고 있을지 궁금하다. 꼭 탐구해 보셨으면.

눈물을 동반한 시련,
삶의 낭떠러지에서 다시 기어올랐던
의지, 습기가 새겨진 나라는 사람을
설명하는, 내가 찬양하는 그
보물덩어리의 이름은 '결핍'이었다.

11

각자의 삶을 전시하는 시대

　　언젠가부터 인스타그램을 통해 나의 일거수일투족을 공개 중이다. 같은 회사에 다니는 동료들보다 나와 '맞팔'인 인스타 친구분들이 내 일상에 대해 훨씬 더 잘 알고 있다. 이런 일련의 상황들은 나만 겪는 일이 아닐 것이다. 문제라기보다는, 사람들 모두 각자의 삶을 전시하고 있다는 생각이 들었다.

　　좀 더 돋보이려고, 더 자랑하고 싶어서, 매력을 뽐내려고, 더 많은 기회를 얻으려고, 인맥을 다지고자 매일같이 전시장을 꾸린다. 이렇게 모두가 자신의 삶을 전시하는 시대.

인스타그램은 전시장이 되었다. 아니, 인스타그램뿐만 아니다. 블로그, 브런치, 유튜브, 페이스북, 트위터. 다 같은 전시장이다.

그러나 이전의 시대에서 '전시'가 일부 예술가나 성공한 사람의 전유물이었다면 현재의 그것은 조금 다르다. 이제는 결과만이 아닌, 과정의 전시에 열광한다. 그 '과정'을 또기가 막히게 팔고 사는 사람들이 있다. 프레임을 어디에 두느냐에 따라, 누가 먼저 실행하고 기록하느냐에 따라 내 삶은 완전히 잊힐 수도, 화려하게 전시될 수도 있는 것.

웨인 다이어는 그의 책 『인생의 태도』에서 "우리는 모두 세상에 지워지지 않는 발자국을 남기고 싶어 한다."고 말했다. 세상에서 지워지지 않으려고 발버둥 치는 나를 안타까워하면서도 사랑한다. 어차피 누구나 전시하는 시대, 할 거면 제대로 하자. 나는 '나만의 역사, 고군분투의 기록'을 계속 전시하기로 했다.

이전의 시대에서 '전시'가
일부 예술가나 성공한 사람의 전유물이었다면
현재의 그것은 조금 다르다. 이제는
결과만이 아닌, 과정의 전시에 열광한다.
그 '과정'을 또 기가 막히게 팔고
사는 사람들이 있다.
프레임을 어디에 두느냐에 따라,
누가 먼저 실행하고 기록하느냐에 따라
내 삶은 완전히 잊힐 수도,
화려하게 전시될 수도 있는 것.

12

말하는 대로, 걸어 나가면, 할 수 있다

할 수 있다고 생각하면, 할 수 있었다. 해냈다.

지레 겁먹고 내면에 의심을 가지면, 할 수 없었다.

도망치거나 회피하는 방법밖에 도리가 없었다.

일이 되고 안 되고는 주로 내 안의 확신에서 결정됐다.

확신의 근거는 경험의 축적이었다.

그러니까 일의 완결은 결국,

크고 작은 일을 수시로 경험하는 것.

왕도가 없으니까 왕도를 찾지 않는 것이

'내가 할 수 있는 일, 해내는 일'의 왕도다.

내일, 어떤 일의 결과가 궁금해서 미치겠다.

긍정일까 부정일까.

긍정이라면 더 큰 확신을 안고

성취를 축적해 나갈 것이고

부정이라면 경험 부족으로 여길 것이다.

이 판정의 결과를 인정하고

다시 앞으로 걸어 나가는 경험에도,

마찬가지로 왕도는 없다.

-2022년 7월, 상부에 '제안서'를 올리고서

그 결과를 기다리며 쓴 일기

왕도가 없으니까
왕도를 찾지 않는 것이
'내가 할 수 있는 일, 해내는 일'의
왕도다.
내일, 어떤 일의 결과가
궁금해서 미치겠다.
긍정일까 부정일까.

13

모두 널 응원하진 않겠지만,
그렇다고 죽길 바라지도 않아

　　몇 해 전 겨울, 한 명의 연예인이 세상을 떠났다. 어떤 연유로 세상을 등진 것인지는 알 수 없다. 당시, 많은 충격과 안타까움이 묻어나는 추모의 글만이 기사의 형태로 온라인 공간을 돌아다녔다. 죽음을 선택한 것이 스스로의 결정이었고 불행에 의한 것이었다면, 나는 다만 바랐다. 저 너머에서 펼쳐질 그의 온전한 세상이 처음부터 다시 시작되는 것이라면, 거기서는 부디 원대로 뜻대로 모두 이루며 지냈으면 좋겠다고.

　　언젠가 사랑했던 그는 매일 죽고 싶다고 했다. 사는 게 귀찮다고 이렇게 살아서 뭐 하냐고, 언젠가 끝이 있을 텐데 뭘 위해 사는지 모르겠다고 했다. 나는 위로의 말을 해주고 싶었지만 섣부른 위로가 행여 독이 될까 봐 그에게 어떤 말로도 다가서지 못했다. 내가 해줄 수 있는 것이 아무것도 없었다. 그와 헤어진 지금. 이제는 누구보다 똑똑하게 자신의 삶을 잘 살아낼 그 사람을 믿는다. '죽고 싶다.'는 그 말은 단지 입버릇처럼, 습관처럼 내뱉은 말이었을 것이다. 내가 그걸 한껏 예민하게 받아들인 것이지. 내가 과거에 그랬으니까. 죽고 싶었으니까.

내가 '죽음'에 대한 생각을 최초로 하게 된 것은 유치원 하굣길이었으며 그 생각이 깊어져서 '죽고 싶다.'고 생각하게 된 것은 초등학교 6학년 때였다. 어떤 심각한 일이 있어서 그런 '특수한 생각'을 하게 된 것은 아니다. 나에게는 단지 이 세상이 너무 시시했다. '왜 살아야 하는지'에 대한 의문이 충족되지 않았다.

어려서부터 나는 동화보다 만화보다 드라마가 재미있었고, 아이들과 하는 소꿉놀이보다 어른들이 나누는 대화에

관심이 많았다. 정답만을 강요하고 뭐든 달달 외워 시험을 치르게 하는 학교가 이해되지 않았으며, 착하고 정의로운 사람이 보상을 받고 악하고 무자비한 사람이 벌을 받는 구조로 현실 세계가 돌아가지 않는다는 점이 너무 싫었다. 교과서에서는 도덕군자를 추앙하고 있었지만 실재하는 현실은 매우 달랐다. 초등학교 6년 내내 나는 실망하고 또 실망했다. 뉴스에서도 드라마에서도 '세상은 살 만한 것'임을 보여주려 애썼지만 악인이 득세하는 것 같은 이 세상은 어쩐지 부조리해 보였다.

무엇보다 나를 견딜 수 없게 한 것, 죽고 싶다는 생각을 하게 되었던 배경은 이거였다. 우리들에게는 끝이 정해져 있다는 것. 모든 인간은 언젠가 죽으며 최대한 많은 것을 가져 천운으로 부귀영화를 누리고 살더라도 늙고 병들어 죽을 수밖에 없다는 것. 그게 나를 죽고 싶게 했다. '어차피 죽을 걸 왜 살아야 되나.' 하고 생각했다. 그래서 초등학교 6학년 때는 내내 자살하고 싶다고 일기에 썼다.

그렇게 염세적인 초등학생이었던 내가 어떻게 죽지

않고 지금까지 살았느냐고? 어느 날 갑자기 살기로 마음을 고쳐먹은 것은 아니었다. 그냥 죽지 못해 살았다. 내가 죽으면 분명히 슬퍼할 사람들이 있을 것이고, 언제든지 죽을 수 있다고 판단했기 때문에 죽음의 시점은 계속해서 유예되었다. 그리고 죽을 용기가 없어서 죽지 못한 것도 맞다. 죽을 결심으로 살고자 한다면 못 할 일이 없다.

　　차츰 내 삶에 익숙해졌다. 그리고 누군가 내 영혼의 처방전을 뒤집은 것처럼 계속 바뀌었다. 의식이 없는 상태에서 링거의 약물 투여 후 상태가 호전되는 모양새처럼 나는 꽤나 밝고 감성적으로 내 주변 세계를 바꾸어가기 시작했다. 살면서 좋은 사람들을 계속 만나게 되는 행운이 늘 뒤따랐기 때문일 것이다. 또 이십 대부터 지금까지 나를 아끼고 이끌어준 친구들, 회사의 선후배들, 그리고 사랑하는 가족들이 있어 스스로 짊어지고 태어난 '민감자의 고통'을 버티고 견뎌냈다 생각한다.

　　어쩌면 민감하게 사람이나 사물을 관찰하는 것을 즐

겨, 지금도 글을 쓰고 있는지도 모르겠다. 글을 쓴다는 것이 한편으론 고통이나, 또 다른 쪽으로는 민감자의 고통을 벗어나 뭔가를 쓰고 있다는 몰입의 경지를 느끼게 해주기도 하고, 다른 시각을 획득하는 것이라 '살기 위한 행위'이기도 하다. 그래서 나는 살아 있음을 느끼려고 쓰기도 한다. 이제는 죽기 싫은가 보다. 아니, 나는 더 살고 싶다. 건강하게 그리고 되도록 즐겁게.

스스로 목숨을 끊은 이들의 소식을 접하게 되는 날이면, 하루 종일 마음이 아팠다. 더는 그들처럼 생의 고통을 못 견뎌 스스로 죽음을 택하는 사람들이 없었으면 좋겠다. 그리고 과거의 나처럼 '왜 살아야 하는지' 모르겠다고 섣불리 죽음을 이야기하는 사람도 없었으면 한다. 그래서 나의 책 『가장 빛나는 순간은 아직 오지 않았다』에는 '제발 죽지 말아달라'고 권유하는 내용이 있다. 소제목은 '당신이 내게 살아서 뭐하냐고 묻거든'이다. 누군가 한밤중, 이 글을 보고 단 한 명이라도 더 생을 유예해서 '아무 의미 없는 삶'이라도 '시시한 삶'이라도, '살 만하지 않은 삶'이라고 해도. 내일 아침을 함께 보고 한 번만 더 웃어봤으면 좋겠다.

당신이 내게 살아서 뭐하냐고 묻거든

쉽지 않다는 것을 알아. 아픔을 이끌고 하루하루 살아간다는 것이 얼마나 큰 고통인지도. 아니, 내가 이렇게 당신을 안다고 주접을 떠는 것이, 당신에게 얼마나 상처가 될지도 알 것 같아.

그런데 말이야. 모두가 당신의 삶을 응원할 순 없겠지만 모두가 당신이 죽기를 바라지도 않아. 어떤 사람들은 살아서도 죽어서도 누군가의 마음속에 평생토록 살아. 나도 언젠가 죽더라도, 내가 사랑하는 사람들의 마음속에 뿌리내리고 살아갈 거야.

그러니까 매일 밤 죽음의 문턱이 당신의 눈앞에 열리더라도, 누군가 당신을 부르는 것 같은 환영이 찾아오더라도, 혼자의 시간이 비참하게 느껴지더라도 내게 다시 물어봐줄래. 살아서 뭐 하느냐고. 이 아픔은 언제 끝나는 것이냐고. 그럼 나는 처음부터 다시 대답할게. 쉽지 않다는 것을 알고 있다고 하면서. 당신이 내게 살아서 뭐 하냐고 묻거든 계속해서 다시 대답해줄게.

우리의 삶이 그렇잖아. 어쩌면 다람쥐 쳇바퀴 돌듯이 흘러가는 것이고 그 안에서 의미를 찾는 것이고. 의미가 없었대도 어때. 누구나 좋은 시절이 오기를 기다리며 살아. 마냥 좋아 사는 삶이 어디 있겠어. 그래도 삶이 꼭 죽음과 어둠으로만 뒤덮여있지는 않아. 혹시 알아? 당신이 웃을지. 웃으며 내일을 살아갈지. 기다리면 반드시 오는 것들이 있었어. 그러니 일단은 이 밤이 지나가기를 같이 기다려보면 안 될까.

죽을 용기가 없어서
죽지 못한 것도 맞다.
죽을 결심으로 살고자 한다면
못 할 일이 없다.

우리의 삶이 그렇잖아. 어쩌면
다람쥐 쳇바퀴 돌듯이 흘러가는 것이고
그 안에서 의미를 찾는 것이고.
의미가 없었대도 어때. 누구나
좋은 시절이 오기를 기다리며 살아.
마냥 좋아 사는 삶이 어디 있겠어. 그래도
삶이 꼭 죽음과 어둠으로만
뒤덮여있지는 않아. 혹시 알아?
당신이 웃을지. 웃으며 내일을 살아갈지.
기다리면 반드시 오는 것들이 있었어.
그러니 일단은 이 밤이 지나가기를
같이 기다려보면 안 될까.

14

나의 기록이 당신에게 닿는다면

그대가 인생의 바닥을 경험한 순간,

그 바닥으로부터 스스로의 새로움과

위대함을 발견하기를

나는 그대가 깊숙이 고통스러워하는 그 순간,

진통제가 되어줄 수 없음을 알기에

휴식으로 여기 남아봅니다.

미완의 글과 사소한 기록으로.

매일 아침 눈뜨며 생각하자.

오늘 아침 일어날 수 있으니 행운이라고.

나는 살아 있고, 소중한 인생을 가졌으니 낭비 말자.

나는 스스로를 발전시키고,

내 마음을 타인에게로 확장시켜 나가기 위해

모든 기운을 쏟을 것이다.

내 힘이 닿는 데까지 타인을 이롭게 할 것이다.

- 달라이 라마

매일 아침 눈뜨며 생각하자.
오늘 아침 일어날 수 있으니
행운이라고.
나는 살아 있고,
소중한 인생을 가졌으니 낭비 말자.
나는 스스로를 발전시키고,
내 마음을 타인에게로
확장시켜 나가기 위해
모든 기운을 쏟을 것이다.
내 힘이 닿는 데까지
타인을 이롭게 할 것이다.
- 달라이 라마

15

애타도록 마음에 서둘지 말라

봄밤

김수영 詩 일부

애타도록 마음에 서둘지 말라

강물 위에 떨어진 불빛처럼

혁혁한 업적을 바라지 말라

…중략…

너의 꿈이 달의 행로와 비슷한 회전을 하더라도

개가 울고 종이 들리고

기적소리가 과연 슬프다 하더라도

너는 결코 서둘지 말라

마흔 즈음이 되면 적어도 조금은 삶의 여러 부분에서 자유로워질 줄 알았다. 그리고 삶이 쉬워질지 모른다고 생각했다. 어리석었다. 살면 살수록 더욱 버겁고 큰 어려움이 찾아온다.

사람에 치이고 일에 치이는 날에는 끝도 안 보이는 바닥으로 굴러 내려가 혼자 상념에 잠기곤 한다. '그럴수록 마음이 급해진다. 욕심도 없는 사람이 탐욕스럽게 변해간다. 빨리하고 끝내고 싶다. 지쳤으니 그만 멈추고 싶다.' 하는 얄팍한 마음이 튀어나온다. 그래서 급하면 사고가 난다.

잘하려는 마음과 탐욕스러운 마음을 착각하지 말자. 서둘지 말자. 재앙처럼 눈앞에 보이지 않는 밤만 펼쳐지더라도, 강물 위의 불빛이 그저 그대로인 듯 오늘을 즐겨야겠다. 천 리 길도 한 걸음부터니까.

괜찮을 거야.

서둘지만 않으면 잘 해낼 거야.

두려움이 없는 사람은 없어.

늘 잘 해왔잖아.

이번에도 다시 차분히 도전하면 돼.

잘하려는 마음과 탐욕스러운 마음을
착각하지 말자. 서둘지 말자.
재앙처럼 눈앞에 보이지 않는 밤만
펼쳐지더라도, 강물 위의 불빛이
그저 그대로인 듯 오늘을
즐겨야겠다. 천 리 길도
한 걸음부터니까.

16

일에서는 인생 맛이 난다

인생은 매일매일 눈앞에 펼쳐진 일들을 해결해나가는 커다란 숙제의 연장이다. 그 속에서 일의 색깔과 맛을 감별하며 헤매다 자기만의 인생 팔레트를 채워나가는 것이 사람의 일생이다. 어떤 사람들은 단맛만을 노리고 방황하기도 하며 어떤 이들은 쓴맛에 도전하며 자신을 혹사시키기도 한다. 그렇게 인생은 스스로 '어떤 맛'을 찾아가는, 긴 레이스다.

어느 날, 회의실에 놓인 과자가 우리들의 눈길을 사로잡았다. 부장님은 "오후가 되니 단 게 땡기네." 하며 초콜릿 과자를 맛있게 먹었다. 그런데 그 모습을 보면서, '오늘 하루가

고단하셨나 봐' 하는 생각이 들었다. 지친 하루를 마무리하는 시간에 잠시나마 달콤함을 찾고자 했던 것이 아닐까. 피곤하면 달고 짠 걸 찾게 된다. 다른 직원들도 과자를 먹으며 미소를 보였다. 일상의 쓴맛을 잠시 밀쳐내려는 마음이 살짝 엿보였다.

세상은 역경을 딛고 올라선 사람만을 존경한다. 그들은 쓴맛을 삼키면서도 기회가 될 순간을 놓치지 않고 찾아내는 데 진심을 다한 사람들일 것이다. 노동의 가치를 단것에만 두면 일상의 시련이 펼쳐졌을 때 그 무게를 지탱하지 못하고 균형감각을 잃게 된다. 전력을 다해 내 인생 맛의 밸런스를 맞추고 싶다. 무엇보다, 밸런스가 잘 맞아야 맛있다. 나의 맛있는 인생을, 나만의 레이스를 성실하고 치열하게 완주할 예정이다.

어떤 사람들은 단맛만을 노리고
방황하기도 하며 어떤 이들은
쓴맛에 도전하며 자신을
혹사시키기도 한다. 그렇게 인생은
스스로 '어떤 맛'을 찾아가는,
긴 레이스다.

에필로그

삼십 대 중반까지, 그러니까 첫 책을 내기 전까지 저는 '완전무결'한 사람이 되고 싶었습니다. 완벽한 인간이 되고 싶었던 것이 아니라, '욕먹지 않는 인간'이 되고 싶었던 거예요. 인격적으로도, 의사소통 능력으로도 기본이 되며, 상황에 맞게 자신의 이미지를 연출할 수 있고, 일을 맡기면 실수 없이 해내는 그런 사람. 어쩌면 노력한 만큼 그 정도에는 다다를 수 있었습니다. 하지만 '기본'으로 살기 원했던 사람은 딱 그만큼의 밀도로만 살 수 있었습니다.

'밀도 낮은 기본'이었던 저는, 세상의 평가에 많이 길들여졌고 한편으론 그 평가에 휘둘리는 삶을 살았네요. 애석하게도 완전무결하고 싶어서 전혀 존중받지 못할 삶을 살고 말았습니다. 무엇보다, 내가 나를 조금도 존중하지 않았다는 사실이 지금은 가슴 아픕니다. 그동안 저는 완전히 이뤄내지 못하리란 판단이 서면 재빨리 포기했고 재능이 뛰어나다는 평가를 받는 영역이 아니면 발 담그기를 외면했어요. 삶의 주도권을 내가 아닌 타인의 판단에 맡길 때가 많았고 그래서 아프고 힘들었습니다.

그러나 돌이켜보니 저는 참 성실한 인간이었네요. 갑자기 생이 종료되어도 큰 아쉬움이나 미련 없이 손을 톡톡 털고 '참 즐거운 소풍이었다.'고 말할 수 있을 것만 같거든요. 목표나 목적이 확실하고 탁월한 인간은 아니었지만. 하루도 빠짐없이 매사에 최선을 다했습니다. 그것만은 자부심을 가질

법해요. 그래서 스스로에게 당당합니다. 그리고 그 성실의 순간들이 쌓여 '지금의 나'를 만들었다고 생각합니다.

이제는 흠이 있는 사람이 되기로 했습니다. 그리하여 오히려 제 삶의 밀도를 지킬 겁니다. 낯선 환경으로 계속 자신을 끌어넣어 진짜로 일을 즐기는 사람이 되어보려 합니다. 그런 사람들이 만들어갈 세상이 우리를 진정한 풍요로움으로 이끈다고 생각합니다.

어쩌면 힘들지 않은 사회생활이란
마법사가 나오는 영화에서나 가능한
판타지일지 모릅니다.

완전하고 한결같은 건 없으니까요.

그렇다면 우리, 아름다운 불가능을 갈망해요.

세상 속에서 지워지지 않으려고 발버둥 치는

스스로를 안타까워하면서도, 사랑해주어요.

너의 사회생활이
힘들지 않았으면
좋겠어

펴 낸 날 2023년 5월 24일 초판 1쇄

지 은 이 이청안
펴 낸 이 박지민
책임편집 김정웅
책임미술 롬디
마 케 팅 박종천, 박지환

펴 낸 곳 모모북스
       서울특별시 동대문구 왕산로81, 203-1호(두산베어스 타워)
       전화 010-5297-8303 팩스 02-6013-8303
       등록번호 2019년 03월 21일 제2019-000010호
       e-mail pj1419@naver.com

ⓒ 이청안, 2023
ISBN 979-11-90408-36-3 03810